Matthews Villiga Änka

BOKHANDELNS SKÖNHETER

BOK FEM

CATHERINE BILSON

EBONY OATEN

Innehållsvarning

• Krig och civila oroligheter

    • Viss våldsskildring, inklusive en skottlossning.

Vi avråder också från att använda några av de örtbaserade huskurer som nämns i de här böckerna. Även om vissa kan fungera, är de inte alltid tillförlitliga och mängder och effekt varierar från person till person. Ingenting i de här böckerna ska uppfattas som medicinsk rådgivning.

Matthews Villiga Änka

Innan Bokhandelns Skönheter fanns det en kärlekshistoria som föddes ur krig, mod och andra chanser...

Matthew Baxter har alltid ansett sig vara en lycklig man. Som ägare till Baxter's Fine Books och far till fyra livliga döttrar är hans liv i marknadsstaden Hatfield både hektiskt och tillfredsställande. Men när ett brev från Frankrike avslöjar förstörelsen av ovärderliga böcker och en förlorad familjekontakt i desperat behov av hjälp, ger sig Matthew ut på en farlig resa över en kontinent som fortfarande är i krigets grepp.

I hjärtat av ett land som rivits sönder av krig återförenas Matthew med Céline, hans avlidna frus modiga kusin, nu en änka som kämpar för att skydda sina söner från hunger och värnplikt. Tillsammans trotsar de faror, svek och en osäker framtid när de riskerar allt för att rädda inte bara sällsynta böcker, utan också sina egna liv.

När Matthew och Céline dras till varandra av nödvändighet och delad förlust, blommar vänskapen ut till något djupare. Men med marscherande arméer, stängda gränser och varje steg fylld av faror måste båda bestämma sig för om de har modet att lita på kärleken igen.

Med den omvälvande bakgrunden av det postrevolutionära Frankrike och löftet om en ny start i England är Matthews Villiga Änka en hjärtevärmande regency-novell om hopp i de mörkaste tider, banden till den nya familjen och kärlekens bestående kraft.

Kliv in i den värld där allt började – perfekt för fans av söt historisk romantik, starka hjältinnor och långsamt växande kärlekshistorier med lyckliga slut.

KAPITEL 1

Brevet

B axter's Fine Books, Hatfield, England,
      Mitten av maj, 1814

Matthew Baxter ansåg sig, på det hela taget, vara en lyckligt lottad man. Vid åtta och fyrtio års ålder var han kry, vid god vigör, ägde alla sina egna tänder och var far till fyra av de klokaste och vackraste unga kvinnorna i Hertfordshire. Kanske i hela England.

Matthew visslade muntert medan han stegade fram på sin vanliga morgonpromenad, nickade artigt till flera bekanta han passerade, men stannade inte för att prata. Han tog gärna en promenad de flesta morgnar omedelbart efter frukost, men han behövde vara tillbaka till klockan nio, då han skulle öppna sin älskade bokhandel, Baxter's Fine Books, för Hatfields stadsbor och resande på genomfart.

Klockan ovanför dörren pinglade muntert när han steg in, han stängde snabbt dörren och böjde sig ner för att fånga bokhandelskattan, Crafty, när hon gjorde ett målmedvetet utfall mot friheten.

"Är det den årstiden igen, va flicka lilla? Tyvärr. Louise, skulle du bära upp henne och se till att dörren till trapphuset är stängd?"

Hans tredje och längsta dotter ställde ifrån sig kvasten hon höll på att sopa med och kom för att hämta katten ur hans armar. "Självklart, far. Miss Wollstonecraft, du är en stygg flicka." Louise marscherade i väg, och Matthew såg efter henne med ett ömt leende. Crafty var verkligen en personlighet och en mäktig jägare; nästan varje morgon fick han skrapa bort resterna av något stackars offer av gnagarslaget från golvet bakom disken där hon tyckte om att lämna sina gåvor.

"Blåsigt där ute, far?" frågade hans äldsta dotter, Estelle, bakom disken.

"Lite grann, varför undrar du?"

"Du glömde hatten," svarade Estelle med ett roat leende, "och ditt hår är, tja, låt oss säga att om vindpinat vore på modet skulle du kunna vara modell för en illustration."

Han skrattade, tog inte illa upp, och drog fingrarna genom håret. Han brydde sig föga om utseendet utöver det mest grundläggande för anständighet, om sanningen ska fram. Hans bortgångna hustru Michelle hade ständigt förebrått honom för bläckfläckar på ärmen eller en slarvig knut på kravaten; leendet blev aningen vemodigt när han tänkte på flickornas mor, som tagits ifrån dem alltför tidigt av en feber för några år sedan.

Hans andra dotter Marie kom nerför trappan med en räkenskapsbok i händerna, och Estelle lämnade sin plats bakom disken och tog upp Louises övergivna kvast.

"Far, hur mycket tog du betalt av lord Vere-Saunders för det paket böcker du skickade i går, och när kan vi räkna med betalning?" frågade Marie och sköt upp glasögonen på näsan.

"Åtta pund, nio shilling och åtta pence, och han är mycket noga med att sända betalning med vändande post, så jag vågar säga senast på fredag," svarade Matthew utan dröjsmål och gick över för att hjälpa till. Marie utmärkte sig i bokföringen och skötte också det mesta av korrespondensen för bokhandeln. Hennes färdigheter frigjorde Matthew och Estelle till att hjälpa kunder.

Matthew lutade sig över Maries axel och såg med gillande på de prydliga kolumnerna av siffror som marscherade nerför sidan. Vad han skulle ta sig till utan sina flickor när de började gifta sig och flytta hemifrån kunde han inte begripa, och säkert kunde det inte dröja alltför länge; Estelle var fem och tjugofem. Hur hade inte någon ung kurtisör snappat upp henne redan?

Estelle vände skylten på dörren till Öppet och några ögonblick senare pinglade klockan. Det var ingen kund, utan i stället Matthews yngsta dotter Bernadette som kom in med en korg över armen. Hon hade inte varit med på frukosten, eftersom hon gått ut tidigt, utan tvekan i ett ärende för att hjälpa någon av kvinnorna i Hatfield i behov av hennes örtmediciner, som var mycket efterfrågade.

"God morgon, far." Bernadette, bara arton år och söt som en sommarbris, kom fram och kysste hans kind. "Postmästaren ropade in mig när jag var på väg hem; se här!" Hon räckte fram ett hårt medfaret brev. "Det är adresserat till mor!"

"Herregud." Matthew tog emot brevet och stirrade på adressen skriven på framsidan med spindelliknande hand. Mme. Michelle Baxter. Han kände ännu ett sting av saknad. Nästan fem år, och han trodde inte att han någonsin skulle sluta sakna henne.

"Det är från Frankrike!" Bernadette pekade på poststämpeln. "Tror du att det är från någon av hennes släktingar? Våra släktingar?"

"Vi har inte hört något från er mors familj på länge," varnade Matthew, men han kände en plötslig våg av intresse. Han hade träffat Michelle i hennes familjehem i Loire-dalen för länge sedan; hennes far hade varit en ivrig bibliofil och Matthew, när hans egen far ännu levde och drev bokhandeln, hade rest mycket genom Europa för att köpa böcker. Revolutionen och den efterföljande omvälvningen på kontinenten hade förstås satt stopp för allt detta, men då var Michelle redan tryggt i England med honom. De hade aldrig, i samförstånd, diskuterat varför ingen av hennes familj hade hörts av på över tjugo år.

Marie räckte tyst över en brevkniv, och Matthew öppnade försiktigt, lade märke till att sigillet redan hade brutits och slarvigt förseglats på nytt. Statens agenter som kollade om brevet var fyllt av värdefulla hemligheter, utan tvivel. Han log halvt roat, men mindre så när han såg att brevet var daterat mer än en månad tidigare. Det hade tydligen tagit lång tid att ta sig över Kanalen.

Bernadette och Marie sträckte båda på halsarna för att läsa brevet, så han lade det platt på disken så att alla kunde se. De läste och talade förstås franska utmärkt; Michelle hade sett till deras flyt i sitt modersmål.

"Céline Fenouillart?" Marie hade hoppat ner till underskriften längst ner. "Vem är det, far?"

"Er mors kusin." Matthew tydde den spindliga handstilen med omsorg och slätade ut pappret när vecken hotade att göra några ord oläsliga. "Herregud," sa han igen. "Jag har inte sett Céline sedan hon var en liten flicka. Hon var... åh, kanske tolv när jag träffade er mor? Det skulle göra henne runt... fyrtio eller så nu... Jag undrar varför hon aldrig gifte sig... åh, det gjorde hon, men är änka och har återtagit sitt flicknamn." Det kunde finnas åtskilliga skäl till det, antog han, men det mest sannolika var att hennes make någon gång fallit i onåd hos regimen i Frankrike.

"Er mor var mycket fäst vid Céline," mumlade han medan han läste vidare. "Jag får skriva tillbaka och meddela att Michelle har gått bort."

Bernadette kramade hans arm i sympati. "Men det är väl gott att Céline lever?" sa hon.

"Det är det; jag är glad att höra från henne." Lättnad sipprade nästan ur varje ord i brevet; Céline var försiktig i sina formuleringar men var uppenbart mycket nöjd med att Napoleon hade förvisats till Elba och hon trodde att Frankrike var på väg tillbaka mot något slags stabilitet. När Matthew nådde den nedre halvan av brevet flög dock hans ögonbryn upp.

"Det där är ju förskräckligt!"

Marie hade läst med honom och tycktes ha nått samma ställe; hon flämtade till.

"Vad är det?" frågade Estelle otåligt från andra sidan disken.

Matthew läste högt och översatte samtidigt. "Ni och käre Matthew skulle bli förfärade över att höra vad som händer böcker här; till och med de pampigaste och äldsta hem har plundrats och böcker värda små förmögenheter kastas på eldar som bränsle!"

Vrede och förtvivlan fyllde honom när han läste orden. En plan att resa till Frankrike och rädda så många böcker som möjligt tog form i hans huvud nästan omedelbart därefter.

Louise förde handen till halsgropen i fasa. "Vad kan göras?"

Med en skakning på huvudet mumlade Matthew: "Böckerna måste räddas."

Estelle skakade på huvudet, "Men av vem, far?"

Han märkte att alla fyra döttrarna såg på honom med stränga uttryck i ansiktena.

"Jag skulle kunna åka..."

Louise uppmuntrade honom, "Det kan du, och det bör du."

"Men det skulle innebära att lämna er flickor ensamma medan jag är borta."

Bernadette frustade och korsade armarna över bröstet. "Det har du gjort förr, och då lämnade du bara tre av oss att ansvara när du åkte på dina inköpsäventyr med Estelle i fjol. Åtminstone blir vi fyra den här gången."

Estelle fyllde i, "Om du inte vill att jag följer med? Jag gör det mer än gärna!"

Han klappade henne faderligt på armen och sa, "Nej, min kära. Om de bränner böcker för att hålla värmen går det inte att veta hur fördärvat allt har blivit. Det är mycket säkrare om du stannar här."

Han kunde redan se sig själv stapla sällsynta och värdefulla böcker i koffertar och sända dem hem med skepp över Kanalen. Bernadette, Louise, Marie och Estelle fyllde genast på dessa syner genom att tala om de många uppgifter de redan utförde, varje dag, för bokhandeln, och föreslå hur de bäst kunde hitta köpare till de rariteter han kunde sända dem. De var fulla av kloka idéer.

Marie sa sedan, "Du vet i ditt hjärta att du inte skulle kunna leva med dig själv om du inte åkte."

Det avgjorde saken, och han nickade mot de fyra kompetenta, intelligenta döttrar som stöttade honom. "Er mor skulle vara så stolt," lade han till. Bröstet drogs samman av stolthet, blandad med sorg.

Det fanns mycket att planera innan han reste, och det främsta var att han behövde ta ett lån för att säkerställa att han hade tillräckliga medel för att täcka sina resekostnader, köpa varje sällsynt bok han stötte på och skeppa dem hem. Bokhandeln gick bra. Den vanliga handeln skulle mer än väl täcka de amorteringar som förföll medan han var borta. Tack vare att den låg vägg i vägg med ett diligens-värdshus var det ingen brist på nya kunder varje dag.

Det fanns en annan släkting han behövde tala med: kusinen Joshua. Även om de inte hade den varmaste av relationer var Matthew säker på att Joshua skulle hålla ett öga på butiken och flic-korna medan han var borta. Familj var trots allt familj, och en dag skulle Joshua ärva Baxter's Fine Books. Matthew kände sig trygg med att flickorna skulle vara mer än villiga att hjälpa honom att driva den när den dagen (förhoppningsvis inte alltför snart med tanke på hans goda hälsa) väl kom. För närvarande var Joshua stadens domare, en position han skötte tillräckligt väl och utan större ansträngning, tack vare den i allmänhet låga brottsligheten här i trakten.

Han gick till Red Lion, som var diligensvärdshuset och stadens postutskick, för att sända ett brev till sin bank i London. Det var där han fann Joshua som just avslutade sin lunch i allmänna rummet.

"Åh Joshua, precis den man jag ville träffa! Har du något emot att jag slår mig ner?"

"Kusin," Joshua flyttade motvilligt på sig på bänken för att göra lite plats. "Hur står det till denna vackra dag?"

"Kry och vid god vigör, och jag planerar en resa till Frankrike."

"Verkligen?" Joshuas ögonbryn sköt i höjden. "Varför Frankrike?"

"Böcker, förstås," log han, och njöt i förskott av dagarna som väntade och titlarna han kunde finna. "Faktum är att jag ger mig av mycket snart. Ville bara låta dig veta, så att du kan hålla ett öga på flickorna och allt sådant."

"Hur länge blir du borta?" frågade Joshua.

Matthew ryckte på axlarna och sa, "Hur långt är ett snöre?"

"Det här kräver en drick," sa Joshua och fångade serveringsflickans uppmärksamhet för att få in två sejdlar öl. "Jag ska titta in till dem då och då, var lugn för det."

"Du är en bra man, Joshua," kände Matthew sig genast lättare. Han hade uppriktigt undrat om kusinen skulle känna sig stött över att få ännu en plikt på sin lista, men han önskade honom allt gott. Nå, det låg ju i Joshuas intresse att se till att byggnaden hölls i gott skick.

Joshua erbjöd sig att skaffa honom en till när de tömt den första, men Matthew kunde inte avvara mer tid. Han måste ta sig till Frankrike så fort som möjligt och börja rädda böcker.

KAPITEL 2

Till Frankrike!

Slutet av maj 1814

Bankbesöket blev synnerligen lyckat. Matthew undertecknade låneavtalet på en summa som skulle få en vanlig människas ögon att tåras. Till skillnad från de flesta visste han vad han gjorde. Det gjorde också bankdirektören, och han skulle inte ha erbjudit ett så oerhört lån om han inte trodde att Matthew utan svårighet kunde betala tillbaka.

Så snart han kom fram till Frankrike skulle han börja köpa böcker och skicka dem hem. När böckerna sedan anlände till Hatfield skulle hans klipska döttrar sälja dem med god vinstmarginal och därmed ha gott om pengar i reserv för att betala av lånet när avbetalningarna förföll. Under årens lopp hade Matthew byggt upp en lång lista av entusiastiska bibliofila samlare som skulle nappa på allt sällsynt han lyckades få tag i.

När han lämnade banken hörde han någon ropa hans namn; en av just dessa samlare, en man han sällan träffade men vars sällskap han uppriktigt uppskattade.

"Amiral Jessop!" utbrast Mathew till svar. Några ögonblick

senare omfamnade de varandra med broderlig värme. "Det var alldeles för länge sen!"

"Det kan du ge dig på," sa Jessop. "Vad för dig till London? Stanna och drick te med mig; det här tehuset är inte alls dumt."

De tillbringade en lycklig timme med att minnas gamla tider och uppdatera varandra om vad som hänt under åren sedan de sågs sist.

"En man med ett uppdrag!" sa Jessop när Matthew förklarade sina avsikter. "Och vilket ädelt uppdrag dessutom. Jag önskar att jag kunde följa med, men det gamla benet, du vet. Hör du, jag kanske kan få in dig på ett skepp till Le Havre inom några dagar. Kom till min klubb i kväll så ska jag se vad jag kan göra."

"Stort tack, min bäste vän, stort tack," sa Matthew. "Det är fortfarande Briar's Club?"

"Å ja, de skulle inte våga byta namn."

De skildes åt i bästa samförstånd och Matthew kände sig lättare till mods, med ett bekymmer mindre att lösa innan han lämnade England.

Hans mest trängande problem var inte längre bristen på stålar, för sådant hade han gott om, utan hur han skulle omvandla dem till något fransmännen accepterade. Ingen på andra sidan kanalen skulle ta emot hans engelska mynt. Att få tag på fransk valuta i London var allt annat än enkelt, men han besökte flera mäklare och köpte vad han kunde. En betydligt större del av lånet växlade han till handelns universalspråk – guld, silver och juveler. Han köpte guldringar, silverkedjor och tackor hos ädelmetallhandlare och utvalda mindre smycken av värde hos pantlånare.

Eftersom guld väger mer än sedlar behövde Matthew ett sätt att bära sin skatt säkert på kroppen. Börsar och plånböcker var lättfångat byte för långfingrade tjuvar, och sådana saknades det inte i London. Tjuvar har utmärkt hörsel; skramlande fickor skulle bara locka dem till honom. Han kunde bli flådd på allt innan han ens hunnit gå ombord, och det gick ju inte för sig.

Detta krävde en skräddare med särskilda färdigheter, och han styrde stegen till en han visste var både snabb och skicklig. Den skräddaren arbetade för kringresande trollkarlar och var van att sy kläder med specialanpassningar och dolda sömmar. Matthew hade pengar för att skynda på arbetet, och innan dagen var slut hade han fått ändringar på skjortor, kavaj och rock. Han satte i gång med att säkra guld och silver i sina många gömda fickor och i rullade kanaler i sömmarna, gjorda för att förvara mynt och guld så att ingenting skulle skramla om han måste springa.

Kläderna kunde väga ner honom, men de buktade inte och ändrade inte hans siluett. Självförtroendet fyllde honom när han betalade skräddaren och begav sig till Briar's Club. Han visades in och fann amiral Jessop i medlemmarnas salong.

"Baxter! Din timing är perfekt." Amiralens reste sig och gav honom en hjärtlig klapp på axeln. "Jag ordnade en koj åt dig till Le Havre, och hon seglar från Portsmouth på kvällsfloden i morgon!"

"Det gick undan," svarade han. "Jag tackar dig ödmjukast."

"Jag har skrivit ett brev som du ska ge kaptenen." Jessup räckte honom ett vikt pappersark med en blinkning. "De tar inte med vem som helst i civila kläder, men att vara amiral har sina fördelar. Sätt dig nu och ta en drink med mig innan du far!"

Jessup beställde en flaska bordeaux, medan Matthew hastigt skrev en rad till sina döttrar att han stod i begrepp att gå ombord. Han räckte lappen till portvakten och gav gossen ett av sina sista engelska mynt för besväret att sända den.

Matthew måste dricka det utmärkta bordeauxvinet fort, vilket var synd och skam, allt sammantaget. Han skakade Jessups hand och lämnade därefter hastigt klubben. Väl ute sprang han tillbaka till sitt härbärge för att hämta sin resväska. Kläderna var mycket tyngre än vanligt och saktade ner honom. För första gången på evigheter fick han kramp av språngmarschen och tvingades stanna. Clareten valde då att göra återbesök och han kväljdes ner i en rännsten. Kära himmel, vilket dåligt omen. Än värre skulle det bli om han missade skeppet, så han skyndade tillbaka till värdshuset i den fart han förmådde.

Åtminstone klirrade hans kläder inte det minsta; en välsignad lättnad.

Han bokade en plats på första diligensen som avgick på morgonen. Om inget oförutsett inträffade borde han hinna till Portsmouth i god tid.

Matthew slappnade av när han väl var säkert ombord på Hebe. Överfarten gick med bara några få vindbyar. Han lyckades till och med sova lite! När han gått i land tog han en snabb titt på Le Havre och noterade bokhandlarna, som han skulle besöka på vägen tillbaka. När det nu kunde bli. Därefter fann han en lokal agent och ordnade så att hans framtida koffertar och paket skulle skickas tillbaka till Portsmouth och därifrån vidare till Hatfield.

Längtan att ta sig till Paris drev honom framåt. Resan skulle ta två dagar, och under den första förmiddagen småpratade han vänligt på franska med sina medpassagerare. Han missade hörnplatsen och fick nöja sig med mitten, vilket gjorde att han knuffades fram och tillbaka mellan sina grannar.

Sent på dagen sa gentlemannen bredvid honom: "Jag hör en svag brytning, varifrån kommer ni?"

"Vilken brytning?" frågade Matthew helt oskuldsfullt. Napoleon var tryggt undan, men han tvivlade på att engelsmän var särskilt välkomna här i trakten.

Passageraren rörde vid näsan och blinkade, som för att säga: "Jag ska hålla din hemlighet."

Matthew bjöd mannen på en drink vid nästa diligensstopp och drog sedan en suck av lättnad när den andre tog sin egen väg. Bäst om alla trodde att han faktiskt var fransman. Han och Michelle hade pratat lika mycket franska som engelska hemma, men sedan hennes död hade han kommit ur vanan något; kanske hade hans accent tagit stryk en smula. Han lyssnade noggrant på sina medpassagerare och såg till att hålla sina svar korta när han behövde svara.

Efter dagar på diligenser och skepp drog Matthew en lättnadens suck när han fann ett boende i Paris och började bokjakten på allvar. Inte allt på en gång, för det skulle ge intryck av att han hade pengar i överflöd och då kanske locka rövare. I stället köpte han en eller två titlar i varje butik och gömde diskret andra han ville ha under en hög i ett hörn, där han skulle komma tillbaka efter dem senare.

Det var omöjligt att dölja hans förtjusning när han öppnade ett omslag och såg att titelsidan angav att boken var De samlade verken av Philo Judæus. Han ville dölja sin upphetsning med en vissling, men det skulle bara väcka uppmärksamhet, så han lade huvudet på sned och låtsades nonchalans.

Den här utgåvan hade handritade färgillustrationer. Det krävde hans bästa skådespeleri inför bokhandlaren.

Han fick den inte till rena reapriset, som han hade hoppats, men han fick den till ett mycket bra pris, och han visste precis vilken av hans kunder som mer än gärna skulle lägga beslag på den för vilket pris han än begärde.

Här fanns fler böcker än någon människa någonsin kunde önska. Oroliga påminnelser om krigen fanns överallt, i igenbommade butiker och tiggare i trasor. Han undvek samvetsgrant kvarteren där stridsspåren syntes på skadade byggnader och gator fulla av hål. Efter första dagen skrubbade han utsidan av rock och hatt mot en tegelvägg för att ge ett starkare intryck av att även han saknade medel.

Han skrev ett brev till Céline där han berättade att han anlänt och bodde i Paris, om hon skulle vilja ansluta sig till honom där, och slog sig nöjd till ro för en längre vistelse.

Under de följande veckorna köpte han så många böcker som

armarna orkade bära. Hans dagliga rutin fyllde honom med förtjusning. På morgnarna plockade han fram några smycken ur sina kläder och gick till en handlare i begagnat, där han bytte dem mot franc. Några försökte påstå att hans juveler var falska, så då gick han helt enkelt ut ur butiken. Om de ropade tillbaka honom var bluffen avslöjad. Om inte, så gjorde det inget. Det fanns gott om andra handlare i stan. Under dagarna letade han upp och köpte böcker, väl medveten om att många läsare i England mer än gärna skulle köpa dem. Varje kväll lade han dem i en koffert.

En mager tigrerad katt började göra visitter hos honom och påminde honom om hemmet. Han borde inte uppmuntra den stackars herrelösa, men han kunde inte låta bli att dela med sig av några sardiner en kväll när han rostade bröd.

När kofferten var full ordnade han med transporten tillbaka till England. Han var ganska säker på att han råkat lägga en lapp till sina döttrar i en av böckerna i den där senaste kofferten. Ingen fara, han skulle lägga med en i nästa sändning. Nästa koffert var redan halvfull med böcker.

Fem månader av bokjakt passerade i ett lyckligt töcken. Olyckligtvis började han bli lite för välkänd av att regelbundet besöka samma pantlånare och boklådor. I november fick han ett brev från Céline i Tours där hon skrev att hon inte kunde resa, men hoppades att han skulle kunna komma till henne.

Det var dags att styra söderut.

•••

Tours var allt en bibliofil någonsin kunde önska, med boklådor i mängd. Några handlare var villiga att ta silverkedjor i stället för valuta. Det eliminerade problemet med förluster i procent längs vägen hos pantlånare, så hans köpkraft blev mycket större.

Det låg dock en känsla av misstro över staden, som om alla var oroliga i själen. Inte konstigt med tanke på de många arméer som marscherat genom landet de senaste två decennierna.

När han sökte efter Céline fann han henne inte på den adress hon senast uppgett. Frustrerad och allt mer bekymrad frågade han försiktigt olika näringsidkare om hennes eventuella vistelseort. Om de visste, avslöjade de det inte. Matthew klandrade dem inte. En kvinna med två små barn behövde vara försiktig i dessa ovissa tider. Hon använde kanske till och med ett helt annat namn.

Till detta kom att han inte hade en aning om hur hon såg ut nuförtiden. Han hade inte sett henne sedan hon var runt tolv, så han kunde inte ge mycket till signalement.

Efter bara en vecka hade han fyllt ännu en koffert med värdefulla böcker. Eftersom han redan hade en agent i Le Havre adresserade han den till honom med vidarebefordringsinstruktioner, och lade till: "Lägg i en hälsning till mina döttrar från mig, vill du? Stort tack."

Matthew hade sedan länge förfinat konsten att välja relativt billigt boende som ändå erbjöd rena lakan och god mat. Stället han valt i Tours, Hotel Mirabeau, såg nedgånget ut vid första anblick, men hotellvärdens hustru var en utmärkt kock och de hade en källare full av utsökta viner. Avslappnad efter en delikat middag med anka à l'orange, potatis rostad i gåsfett, haricots verts med blancherade mandlar och en tarte tatin, drog han en suck av belåtenhet medan han smuttade på vinet som värden bar in åt honom.

"Merci beaucoup, Claude," sa han glatt.

"Ännu en god dag? Du hittade fler av böckerna du ville ha?" frågade Claude och slog sig ner på stolen mittemot för en kort pratstund. Claude hade visat sig mycket hjälpsam och lotsat Matthew till en rad butiker och till och med privata säljare som var villiga att skiljas från sina samlingar för rätt pris.

"Sannerligen, och jag skickade en mängd tillbaka till min bokhandel i H– Le Havre. Snart skickas de över La Manche och säljs till rika engelsmän och då kan jag gå i pension." Matthew skålade med glaset mot Claude, och hotellvärden log. Bra, Claude hade inte märkt hans felsägning. Det fick kanske räcka med vin i kväll, annars kunde han försäga sig igen.

"Utmärkt framtidsutsikt, monsieur Beauchamp."

Självfallet gav Matthew inte sitt eget namn. "Baxter" var alltför engelskt. Men han höll sig till en historia som var lätt att minnas eftersom den åtminstone hade beröringspunkter med sanningen; han ägde en bokhandel och böckerna skickades till Le Havre för att senare sändas till England.

Han hade funnit att de bästa lögnerna alltid innehöll en stor portion sanning.

"Nå, jag är mätt och belåten." Matthew klappade sig på magen. "Men om jag äter mycket mer av Lisettes matlagning kan jag behöva köpa en ny väst lika väl som böcker!"

Claude skrattade, uppenbart belåten, och bar ut de tomma tallrikarna medan Matthew tog trappan upp till sitt rum.

En av anledningarna till att han valde Hotel Mirabeau var säkerheten. Även om varje sovrum inte hade eget lås fanns det en låst dörr vid trappfoten. Endast gästerna fick en nyckel till den. Han låste dörren bakom sig och gick till sängs, inte särskilt trött, men inte heller sugen på att sitta nere i en rökig ölkällare med berusade fransmän. Han hade lagt undan en liten hög med böcker han valt att inte skicka till sina döttrar ännu; han tyckte nog att de var för värdefulla för att släppa ifrån sig, men han skulle gärna ta sig tid att sitta och titta i dem.

Claude hade försett honom med två lyktor och olja till dem, så Matthew tände båda och slog sig ner vid det lilla bordet i rummet, tog upp en av böckerna och vände och vred på den för att granska bandets skick. Han lyfte boken till näsan, drog in doften djupt och log brett när den välbekanta doften av gammalt papper och bläck slog emot honom.

Mycket varsamt lade han boken på bordet och öppnade pärmen, och lät blicken vila på frontespisen. "Le Micromégas," viskade han andäktigt. "Voltaire... sjuttonhundra femtio ett."

Om boken var äkta kunde den rentav vara unik. Rykten hade i många år cirkulerat om tidigare tryckningar, men det officiellt accepterade första publiceringsåret för Le Micromégas var 1752. Ändå var detta exemplar tydligen från året innan.

Matthew fick behärska sig för att inte skratta högt medan han granskade boken, allt mer övertygad om att han höll en verklig skatt i händerna.

"Det blir budgivningskrig om dig, min sköna!" sa han lyckligt till boken. En särskild annons i The Times, tänkte han. Kanske till och med en auktion hos Christie's på Bond Street, särskilt om han kunde hitta fler böcker av denna kaliber.

Ett ljud vid dörren fick honom att rycka till och titta upp. Vredet lyftes försiktigt! Försökte någon bryta sig in? Matthew grep efter sin rock, som han tagit av sig och lagt vid sängändan, och pistolen i dess ficka, men hejdade sig när dörren öppnades tillräckligt för att en gestalt skulle kunna slinka in. Det var inte den sälle han halvväntat sig, utan en kvinna, smärt och vacker, med mörkt hår som lockade sig kring ett krämfärgat ovalt ansikte.

"Skickade Claude upp dig?" frågade han roat. "Jag är inte i behov av sällskap, tack så mycket."

Vid en andra anblick var hon dock inte klädd som en kurtisan. Inte var ansiktet sminkat heller. Hon bar en ganska anspråkslös, enkel klänning med en blus under, knäppt hela vägen upp till halsen. Hon blinkade med stora gröna ögon innan ett leende spred sig över hennes ansikte och hon, till hans häpnad, talade engelska.

"Nå, det var en fin hälsning, Matthew Baxter. Att bli tagen för en nattfjäril! Michelle skulle vara ytterst förfärad över dig."

"Céline!" Hans mun föll öppen av chock.

KAPITEL 3

Céline

December 1814

Céline Fenouillart drog en brödkant runt kanten på soppskålen, och doften av dragon väckte hennes längtan efter enklare tider till liv. Trädgårdar fyllda av kryddor för årstiden hade präglat hennes första år som gift, på den tiden när man kunde sätta frön och se dem gro, i stället för att vakna och upptäcka att tjuvar stulit rubbet.

Om ändå tjuvarna hade varit det värsta av hennes bekymmer. Snart följde arméer efter, trampade allt under fötterna – efter att de också hade tagit för sig av allt som växte på fälten eller i rabatterna, moget eller inte.

Hon var tvungen att hejda sig från att gräva upp de värsta delarna av sina minnen. Att doppa smutsiga soppskålar i iskallt diskvatten gjorde susen och förde henne tvärt tillbaka till nuet. Sedan, till framtiden.

Snart, en dag, skulle hon lära sina älskade söner att göra citron-dragon-smör. Deras munnar skulle aldrig hämta sig från upplevelsen!

Om det ändå fanns ett sätt att köpa smör i tillräckliga mängder utan att väcka misstankar bland folk i Tours. Hon hade rykte om sig som änka som nu levde i anständig fattigdom, på förnamnsbasis med pantlånaren där hon ibland bytte in ljusstakar, prydnadssaker och en gång sin avlidne makes stövlar.

Alla hade blivit vaksamma och misstänksamma, vilket var naturligt efter så många års krig. Att skaffa nya kläder eller köpa större mängder mat eller vin skulle få folk att höja på ögonbrynen och skapa skvaller om var pengarna kom ifrån.

Hon lämnade sina söner, Philippe och Pierre, som satt och läste i en bok tillsammans. De hade inte fått mycket formell skolning, men hon hade lärt dem läsa och räkna. När världen slutade vara så galen, skulle hon skriva in dem båda i skola, eller skaffa en informator.

I dag var det dags att gå i väg med flera böcker som pojkarna inte längre behövde. Pojkarna ville fortfarande innerligt ha dem kvar, men de förstod nödvändigheten i att skiljas från dem för att kunna köpa mat. De var ordentliga pojkar och hade hanterat böckerna varsamt. Ack, tecknen på att de blivit lästa många gånger syntes tydligt i bindningen och på några fläckade sidor. Åtminstone var de fortfarande hela och hade inte blivit ved!

Hos pantlånaren nickade Monsieur Monnaie en vänlig hälsning och önskade henne en god morgon.

"God morgon, gode herre", svarade Céline. Hon höll tonen lätt, fast hjärtat var tungt, "jag hjälpte pojkarna att städa deras rum och hittade de här gamla böckerna. Jag undrar om de är värda något? Om inte låter jag pojkarna få tillbaka dem. Men jag tänkte fråga först."

M. Monnaie såg på böckerna med en värderares blick och slog upp några sidor.

Céline höll leendet kvar, hon hade märkt att den gode mannen ibland svarade mer generöst på ett leende.

"Jag kan inte säga", sa han och räckte böckerna tillbaka till henne. "Bindningen håller på att ge sig och några av sidorna är lösa."

Hon suckade och axlarna sjönk. Det fanns så lite kvar i huset som hon kunde sälja. Om hon började lämna in några av sina juveler, kunde M. Monnaie undra om hon hade fler hemma. Kunde hon lita på att han inte berättade för någon annan? "Inte ens några centime till lite mjöl?" frågade hon med vad hon hoppades lät som vemod i rösten.

"Det finns en man i stan som köper böcker, han kanske ger dig ett bud. Säger att han är från Le Havre, men jag misstänker att han kan vara engelsman."

Hoppet vecklade ut sig inom Céline. Om det fanns en man som ville köpa böcker, och som faktiskt var engelsman, måste det vara Matthew Baxter. Det sista hon hört var att Matthew hade nått Paris och hans brev, om än kort, antydde att han hade det förträffligt. När hon i tankarna räknade på restiderna, var det mer än troligt att han kunde vara i Tours nu.

"Sa han vad han hette?"

"Kallade sig Monsieur Beauchamp", sa M. Monnaie.

Vackra Fält, översatte Céline för sig själv. Det måste vara en hänsyftning på Hatfield, där han bodde. "Råkade han nämna var han bodde?"

"Du vill verkligen sälja de där böckerna, va? Pröva Hotel Mirabeau, jag tror att din bokman bor där."

Hon lämnade pantlånaren inte rikare, men hon hade ny kunskap, vilket var värt ännu mer.

***

"Skickade Claude upp dig?" frågade M. Beauchamp, läpparna krökta av munterhet. "Jag är inte i behov av sällskap, tackar."

Célines händer knöt sig till nävar och hamnade i sidorna. Men hon kunde bara låtsas vara förnärmad innan ett grin bröt fram. Hon valde att tala engelska, för att rucka honom ur hans självsäkerhet. "Nå, det var en fin hälsning, Matthew Baxter. Att bli tagen för en nattfjäril! Michelle skulle bli riktigt äcklad av dig."

"Céline!" Hans mun föll öppen av chock.

De båda skrattade och han sprang fram till henne, med armarna utsträckta för en omfamning som hon villigt besvarade. Han var en stadig karl, mycket förändrad sedan han först träffade hennes äldre kusin, Michelle, men tecknen fanns kvar på att han var samme gamle Matthew. Céline hade bara varit ett barn när hon såg honom senast. Av sättet han såg på henne, förstod hon att han försökte förena kvinnan framför sig med den unga flicka hon en gång varit. Så mycket hade förändrats i deras liv – och i världen – under de mellanliggande åren.

"Jag är så ledsen att ingen berättade för dig om Michelles bortgång", sa han, med ansiktet förmörkat. "Det måste vara fem år sedan nu. Jag är förfärligt ledsen."

"Men det gjorde du, du skrev tillbaka till mig tidigare i år, efter att jag skrev till dig om bokplundrarna."

"Gjorde jag? Så glömsk jag är! Jag tenderar att bli det när mitt fokus är på böcker. Jag kan nämna författare, utgivningsår, titlar och priser. De har en bestämd plats i mitt huvud, som om mitt huvud var fyllt av bibliotekshyllor. Ack, annat verkar inte stanna kvar i mitt huvud."

Stämningen var lite dyster när de delade berättelser om vilka familjemedlemmar som inte längre fanns i livet, men efter en stund öppnade de en flaska vin och började tala om de levande, och tog om vartannat tillfället i akt att skryta om sina barn. Hon kände förstås till hans fyra döttrar; Michelle hade skrivit till henne då och då under åren, fast det verkade tydligt att inga av de brev som Céline skickat i retur någonsin hade nått England.

"Två söner!" sa Matthew och höjde sitt vinglas mot henne i en skål. "Krya och starka, hoppas jag?"

"Sannerligen." Hon kände skuggan fara över ansiktet. "Alltför starka. Armén har varit väldigt ivrig att värva Philippe. Fast han bara är sexton, har han en mans längd och styrka. Jag ber att med korsikanens landsförvisning ska striderna vara över, och att han inte längre ska behöva frukta tvångsutskrivning."

Matthews uttryck var förstående när han nickade. "Alltför många män och pojkar från båda våra nationer, och längre bort, har sugits in i detta meningslösa krig och kom aldrig hem. Du måste ha varit livrädd för dem, Céline."

"I högsta grad. Jag hade förlorat deras far", hon stockade sig på orden, men rätade på ryggen och fortsatte. "Alain hade överlevt så mycket! Hans föräldrar, hans äldre bröder... av Guds nåd tog inte revolutionärerna hans huvud också, han var bara femton år vid La Révolution. Hans familjs slott och marker gavs tillbaka till honom av Napoleon, men..." hon ryckte på axlarna. "Till slut krävde korsikanen betalning i tjänst. Alain dog för tre år sedan, i Portugal."

"Jag är så innerligt ledsen", sa Matthew tyst. "Och sedan dess?"

Hon märkte att han såg på hennes klänning, som en gång varit av fint tyg och nu var nött och fläckad. Sannerligen inte en klänning för en kvinna som bodde i ett slott.

"Frankrike är ett farligt ställe", sa hon till slut. "Tjuvar, samvetslösa typer... en änka med två unga söner och lite reda pengar att betala män med, även om de ens fanns att hyra, är ett lätt byte. Jag såg hur det barkade, hur säger ni, skriften på väggen. Jag tog allt från slottet som jag tänkte att jag skulle kunna sälja. Vi gav oss av mitt i natten. Inte ett ögonblick för tidigt heller; vi hade inte ens nått Tours när jag hörde att slottet hade brunnit ner till grunden."

Matthew såg fullkomligt förfärad ut. "Céline! Vilken pärs! Och var bor du nu, då? Jag gick till adressen du gav men där är en tom butik."

"Jag var där, men det var för iögonenfallande. Nu bor vi i en stuga, lite längre ut", medgav hon. "Det är inte mycket, men... jag tänkte inte i synnerhet, när jag valde vad av värde vi skulle ta med oss, att en del av dem kunde vara farligt värdefulla. Jag vågar inte visa dem, av rädsla för att fresta dem som skulle råna oss. Mina juveler och de sällsynta böcker min man samlade är mig till ingen nytta, trots deras värde."

Hon såg hur Matthew rätade på ryggen vid nämnandet av hennes böcker. Intresse tändes i hans ögon och hon log i hemlighet för sig själv. Matthew, och bara han, skulle hon kunna lita på att köpa de där böckerna, och kanske kunde han till och med agera mellanhand för att sälja juvelerna åt henne också.

"Böcker?" frågade han.

Hon lät skrattet slippa ut. "Oui, böcker, sällsynta sådana som kommer att intressera dig, tror jag. Inte de här." Hon viftade med handen mot det lilla knytet med tummade skolböcker. "Jag försökte sälja de här hos pantlånaren för en franc eller två, men nu när du är här..."

"Céline, även om jag inte vill köpa dina böcker, lämnar jag dig inte i det här skicket", sa han uppriktigt. "Jag skulle inte kunna leva med mig själv. Du måste låta mig hjälpa."

Tårar stack i ögonen, men hon blinkade beslutsamt bort dem. Hon hade inte unnat sig lyxen att gråta sedan natten då budet om Alains död nådde henne, och hon tänkte inte låta dem falla nu.

"Du kan inte ana hur mycket jag har önskat någon jag kunde lita på som kan hjälpa oss", medgav hon. "Jag är så innerligt, innerligt glad att du har kommit, Matthew."

"Jag är glad att vara här!" Han tömde det sista av sitt vin och reste sig. "Kom nu, det börjar bli sent. Du vill säkert tillbaka till dina söner; låt mig följa dig tryggt hem."

En sann gentleman. Hon svalde klumpen i halsen, drog huvan över håret och stack sin hand i hans arm för den femton minuter långa promenaden tillbaka till stugan.

När hon närmade sig sitt lilla hem tillsammans med Matthew, försökte hon se det genom hans ögon; fyra små rum, ett tak som såg oroväckande ut och en igenvuxen trädgård som hon knappt hann sköta. Ett magert ljus brann i fönstret mot gatan, så Philippe väntade uppenbarligen på henne. Hon knackade lätt på dörren i det särskilda mönster de kommit överens om, och väntade på att han skulle skjuta ifrån regeln, och log lyckligt upp mot sin son när dörren gnisslande öppnades.

Leendet föll från hennes ansikte när hon såg pistolen i Philippes hand, stadigt riktad mot Matthews bröst.

"Oj", sa Matthew och stelnade, medan han långsamt lyfte händerna i luften. "Skjut inte!"

Han hade talat på engelska, och glömt sin franska i paniken av att få ett vapen riktat mot sig, och Philippes ögon smalnade misstänksamt.

"Ska jag skjuta honom?" frågade Philippe på snabb franska.

KAPITEL 4

Philippe & Pierre

Att få en pistol riktad mot ansiktet var inte det äventyr Matthew hade föreställt sig när han gav sig av till Frankrike. Med pulsen dånande i öronen klev han framför Céline för att skydda henne.

Célines hand tryckte mjukt mot hans axel och hon klev runt honom, med lugn och stadig röst när hon talade till desperadon som hotade dem. "Allt är väl, lägg undan den där."

"Fick han dig att säga det?" frågade den unge mannen.

Han talade så snabbt och så lågt att Matthew hade svårt att förstå vad som egentligen hände. Det hjälpte inte att hans dunkande puls dränkte vartannat ord.

"Philippe, släpp in oss, allt är bra," sa Céline igen.

En minut senare var de, till Matthews stora lättnad, inomhus i en karg stuga som bara hade tre sittplatser runt det sargade bordet. En annan yngre pojke knäade vänd bakåt i den enda öronlappsfåtöljen för att komma i ögonhöjd med dem.

"Matthew Baxter, det här är mina söner, Philippe och Pierre. Pojkar, det här är Monsieur Baxter från England. Han gifte sig med min kusin, Michelle, och är i Frankrike för att köpa böcker."

"Jag ber ännu en gång om ursäkt för att jag riktade pistolen mot er," sa Philippe och såg synnerligen skamsen ut. "Jag trodde Maman var i fara."

"Ni är en utmärkt beskyddare," medgav Matthew. Nu när vapnet var säkert undanlagt och han kunde slappna av, var det lättare att se hur ung den här långe pojken egentligen var. Inte konstigt att Céline måste skydda honom från att bli släpad in i armén. "Ni är en modig ung man, och ni har hållit er väl uppe under fruktansvärda omständigheter. Jag är glad att Céline har en sådan förkämpe som ni vid sin sida."

Philippe nickade vaksamt.

Pierre skruvade på sig i stolen. "Har du verkligen en bokhandel?" Pojkens röst sprack mitt i meningen, från pojkaktigt gällt till en mer manlig tenor.

"Det gör jag sannerligen, och det är därför jag är här," svarade Matthew med stolthet i rösten. "Er mor skrev till mig och nämnde den hemska situationen här; att desperata människor brände böcker som bränsle. Nyheten krossade mitt hjärta. Jag har lämnat mina fyra kapabla döttrar att sköta bokhandeln medan jag är här."

Philippe delade Matthews sorg, och lät betydligt äldre än sina år. "Det är ett bedrövligt elände."

Inte undra på att hans mor fruktade för honom; knappt ur pojkåren men med en gammal mans sorger, någon som upplevt alldeles för mycket.

⁂

Matthew tog med Céline och pojkarna för att frossa på Hotel Mirabeau, och sade i tysthet åt Claude att se till att de fick rejäla portioner. Det var det minsta han kunde göra för dem med tanke på deras svåra läge. Inte för att han visste exakt hur deras omständigheter såg ut – han kände dem inte tillräckligt väl för att vara så rakt på sak – men av bristen på möbler i stugan och skicket på trädgården utanför att döma hade de det riktigt skralt.

Pojkarnas bordsskick var utmärkt trots deras uppenbara hunger. De åt i god takt, med uppskattande kommentarer och ljud, men de glufsade inte i sig som utsvultna djur. Vilken självbehärskning! Matthew förundrades över deras gentlemannamässiga uppförande med tanke på deras liv i knapphet.

"De hedrar er, Céline," sa han med ett leende till dem. "Vore jag i deras sits skulle jag ha druckit soppan direkt ur skålen."

"Vi har hamnat i svåra tider, det stämmer, men jag ser till att de minns att de är gentlemän. Jag ser också till att vi får åtminstone en ordentlig måltid varje dag. Den här räcker dem kanske i tre."

"Låt mig hjälpa till," sa han och sänkte rösten, "jag har pengar insydda i kläderna, jag kan ge er en del."

Céline drog inte efter andan av chock eller lättnad åt hans generösa erbjudande, vilket han hade väntat sig. I stället gav hon ett vetande leende, vilket bara gjorde honom mer förbryllad. Hon sa inget mer förrän de gick tillbaka till hennes stuga. När de var utom hörhåll sa hon: "Fråga mig hur jag vet att ni har saker insydda i kläderna."

Han steg fel och sa: "Jag hörde dem inte klirra."

"Tygets fall är ovanligt rakt, som om något tungt drar det nedåt. Jag känner igen det, för jag har gjort likadant med några av mina klänningar."

"Måste ni göra så här?" Så illa hade det blivit om människor tvingades till sådant.

Céline nickade. "Jag räddade så mycket jag kunde från slottet. Insytt i kläderna var det bästa jag kunde göra. Jag hade kunnat gömma så mycket mer i en peruk om de fortfarande vore vanliga." Hon drog en dramatisk suck och Matthew såg för sitt inre henne i en utsirad, pudrad peruk som slingrade sig elegant över huvudet. "Jag har tillgångar; men det skulle väcka misstanke om jag använde dem, så jag måste upprätthålla illusionen att jag inte har några."

"Använd mig som ursäkt," erbjöd Matthew villigt. "Säg att jag köpte några av era böcker. Skulle det ge er möjlighet till ett bekvämare liv? Ni skulle kanske kunna flytta till Paris?"

Hon grimaserade och han kände sig genast dum, och tillade: "Det där borde jag inte ha sagt. Paris är väl knappast säkrare, eller hur?"

Céline ryckte på axlarna. "Inte direkt. Dessutom är jag trött på att ständigt flytta från plats till plats."

Tillbaka i stugan talade de långt in på natten om vad som kunde göras och hur Matthew skulle kunna hjälpa. Céline litade uppenbarligen på honom nu, för hon avslöjade kofferten nära öronlappsfåtöljen. Den hade en liten matta över sig, vilket gav intryck av att den användes som ett överdimensionerat fotstöd eller ett litet bord. Hon öppnade låset och visade honom skatterna där i.

Matthew var nära att dregla över böckerna, men det skulle skada dem. Andäktigt tog han upp en, öppnade den och drog efter andan. Handsillustrerad! Färgerna tycktes nästan glöda från det gulnade papperet även i det svaga skenet från ljuset. Detta var medeltida; mödosamt handskriven av någon munk för ett halvt årtusende sedan. Ovärderlig.

"Om ni köper de här av mig skulle det hjälpa så mycket," sa Céline. "Jag skulle kunna återupprätta min familj här, köpa en ny stuga med fönster och dörrar som går att låsa ordentligt. Skaffa lite mer möbler. Jag skulle kunna sälja en och annan juvel då och då utan att väcka misstankar, eftersom folk skulle veta att det kom från er, bokmannen. Vi skulle kunna börja om."

"Jag kan inte," sa han medan han gick från bok till bok och svalde hårt över sin lycka.

"Kan ni inte?" krävde Céline, med rösten stigande i irritation. "Varför inte?"

"Därför att de är för värdefulla för att skeppas hem. Jag kan inte släppa dem ur sikte. Jag tar med dem tillbaka själv när jag lämnar Frankrike."

"Så, ni kommer att köpa dem?"

"Går solen upp i öster? Jag vore världens största dåre om jag inte gjorde det. Har ni någon aning om vad de är värda?" Han bar sig otroligt dumt åt, och drev sitt livs sämsta affär. Men Céline var familj, och han skulle betala vad de var värda. "Säg ert pris, så betalar jag det; jag ger er vad jag har på mig nu, och när jag kommer hem till England och säljer dem, skickar jag resten."

Hon såg från honom till högen med böcker, men hennes ögonlock föll och han kunde se att hon var utmattad. Hon hade arbetat sig halvt fördärvad för att hålla sig själv och sina söner med mat, det kunde han se.

"Men inte i kväll," sa han milt. "Gå och lägg er. Vi talar i morgon." Och eftersom hon såg ut att nästan vara på gränsen till tårar, räckte han ut handen och lade den på hennes. Till sin bestörtning kände han att den nästan tedde sig spröd i hans grepp, tunn och nött, med valkar som ingen fint född dam borde ha tvingats utveckla. "Jag är här nu, Céline. Jag lovar, jag ska se till att ni och era pojkar är i trygghet."

✦

Han gick tillbaka till sitt hotell den kvällen, men sov lite eftersom han tänkte på Célines situation och vad han kunde göra för att hjälpa. När han steg upp följande morgon stannade han vid ett bageri och köpte nygräddade croissanter och en baguette, och gick sedan in i flera andra butiker på vägen till Célines stuga för att köpa skinka, ost, smör och honung. När han kom fram till hennes dörr var han nära att stappla under tyngden av sina paket.

"Mon Dieu," sa Philippe, med stora ögon när han öppnade dörren för att släppa in Matthew. "Vad är allt det här?"

"Frukost. Och även lunch." Matthew räckte honom paketet från bageriet, inslaget i papper.

"Croissanter!" Pierres ögon blev jättestora när Philippe öppnade paketet, och Matthew undrade hur länge det var sedan pojken hade fått njuta av ens en så enkel läckerhet som detta.

"Jag är utsvulten," sa han skämtsamt. "Låt oss äta!"

Ingen av pojkarna hade något att invända, och när Céline kom in några minuter senare, fann hon dem tre vid det rangliga träbordet, doppandes croissanter i kaffe och skrattandes tillsammans.

"Jag har tänkt," sa hon när hon slog sig ner hos dem, "att ni kanske borde bo här hos oss. Hotel Mirabeau är trevligt nog, men... jag kunde följa efter en annan gäst genom dörren till trapphuset utan svårighet. Era böcker är inte säkra där, och vi har ett till sovrum, även om det ligger på vinden."

Matthew anade en baktanke med hennes inbjudan. Kände hon sig tryggare med honom på plats? Självklart skulle hon göra det. Philippe kunde ha en mans längd, men han var fortfarande en pojke. En vuxen man i hushållet skulle få en tillfällig tjuv att tänka efter både en och två gånger.

"Om det inte vore till för stort besvär," sa han, "skulle jag tycka om det."

"Verkligen inte, särskilt om ni tänker ta med så här utmärkt mat!" sa Pierre ivrigt.

"Varje dag," svarade Matthew, samtidigt som Céline försökte tysta sin son. "Och min avsikt är att se till att ni får det ordnat så att ni äter minst lika bra som detta, varje dag resten av era liv, innan jag lämnar Frankrike igen."

Det kunde ta sin tid. Det hade han redan insett där han låg vaken om natten och stirrade i taket. Pengarna han hade med sig skulle inte räcka, och Céline hade visserligen de där juvelerna, men han skulle behöva åka till Paris igen för att få ett bra pris för dem, tänkte han. Och han skulle också behöva ordna hur han själv och den där kofferten full av böcker skulle ta sig tillbaka till England.

Ju mer han tänkte på saken, desto mer tyckte han att det vore bättre om de alla åkte till England. Célines juveler skulle ge ett mycket bättre pris i London. Och England var så mycket tryggare – Frankrike var i oro över hela landet, och tomrummet efter Bonapartes arrestering var inte tillräckligt uppfyllt, vilket gjorde att generaler och herrar trängdes om makten. Varje dag tycktes föra med sig nyheter om en ny milis som sattes upp.

⁂

"Din engelska är riktigt bra, Pierre," sa han när han hjälpte pojken med några sysslor i Célines stuga. "Men ditt uttal kunde vara bättre. Vill du öva?"

Pierre gick med på det med iver, och Philippe, som låtsades vara likgiltig och rynkade på näsan på det där föraktfulla sätt som bara en misstänksam tonårspojke kan, hakade på efter att de hade talat engelska en liten stund.

"Mycket bra," berömde Matthew Pierre. "Tänk på var du lägger betoningen i orden. Vi stjäl från alla språk, så ibland betonar vi andra stavelsen, men lika ofta den första. Och var noga med att inte tappa era 'H'... vi uttalar dem starkare på engelska."

Pierre nickade mycket allvarligt och försökte meningen igen, och lyckades den här gången nästan perfekt.

"Vad är detta?" sa en röst i dörröppningen, och Matthew såg upp och fick syn på Céline som kom in med ett leende på läpparna. Solskenet som strömmade in genom dörren bakom henne fick hennes hår att skimra i rödaktiga skiftningar, och hon såg mycket vacker ut.

Hans hjärta gav en underlig liten stöt när hon skrattande kom tvärs över rummet för att krama Pierre, och retfullt sa att hon trodde att en ung engelsman hade tittat in för att ta te med dem.

Det var länge sedan Matthew hade känt något liknande som de känslor som vällde genom honom i det ögonblicket; ett märkligt pirr i kinderna, blodet som slog snabbare, armarna som värkte efter att få ansluta till deras lyckliga omfamning.

Michelle har varit borta i åratal, försökte han säga till sig själv. Hon skulle inte förebrå mig för att jag känner mig som en man igen.

Men hon skulle kanske inte vara fullt så förtjust i att få veta att det var hennes egen kusin som väckt dessa känslor, så Matthew tvingade sig att se bort, andas långsamt och fördriva alla lusta tankar ur sinnet.

Det var hans plikt att hjälpa Céline och hennes söner; det var vad Michelle skulle ha velat, och det var vad han skulle göra. Att förälska sig i henne var helt uteslutet.

KAPITEL 5

Fruktansvärda nyheter

Hans döttrar var aldrig långt från hans tankar, medan himlen hotade med snö och fukten gjorde kylan värre. Matthew skrev till Estelle men hade inte mycket hopp om att brevet ens skulle komma fram. Det var ett under att brevet från Celine hade nått Paris, med tanke på hur mycket vardagens system hade kollapsat i de snabba förändringar som skedde i Frankrike. Andra länder bestämde vem som skulle ta vilken bit, som om det inte handlade om något mer betydelsefullt än att skära upp en julpudding, i stället för att fullständigt slå sönder allas liv.

Men det var jul, och han var fast besluten att uppmärksamma högtiden.

I vanliga fall visste han att pojkarna skulle älska böcker. Men att hitta nya titlar just nu låg bortom hans tillgångar. När de kom hem till Hatfield ... han hejdade sig. Celine var inte redo att rycka upp dem än. Hon hade överlevt så mycket förändring, det var bara naturligt att hon ville göra sitt nuvarande liv så normalt som möjligt. Det betydde att stanna i Tours, i den här lilla stugan, och inte dra uppmärksamhet till sig.

Att köpa dem nya kläder eller juveler av något slag skulle dra till sig fel sorts uppmärksamhet. Även stövlar eller hattar eller en ny vinterkappa var uteslutet. Minnen, däremot, var något som ingen kunde se eller ta ifrån dem.

Hans gåva till dem vid jul var något de kunde fira tillsammans, utom synhåll för alla andra, för att ge dem bestående minnen.

Han köpte saker bit för bit, i olika butiker så att ingen skulle se honom spendera för mycket pengar på ett och samma ställe och börja ana oråd.

Han och Philippe gav sig ut – försiktigt, märk väl – för att samla mer ved och torka den nära spisen. Tallkvistarna förde in skogens doft i huset. Pierre var ivrig att bidra, så även han hämtade mindre dekorationer. Snart fick de det lilla köket att se festligt ut och dofta jul med järnek och tall.

Pierre hämtade en kanna och gick ut, och återvände en timme senare med så många sniglar att de klättrade ut till friheten.

Matthew log nervöst. ”Jag har aldrig ätit escargot, och jag tror bestämt att det är dags att ta reda på hur det smakar!”

Celine gick till det som fanns kvar av köksträdgården och hittade rester av vitlök, tillsammans med en hel del persilja som växte överallt.

De hällde sniglarna i en större hink med kallt vatten och Celine letade igenom en kista och hittade ett set silvriga snigelgafflar. ”Jag kan fortfarande behöva sälja dem, så var snälla och var försiktiga,” sa hon till pojkarna.

Matthew tog med Pierre till marknaden, medan Celine höll Philippe i stugan och utom synhåll. Han började bli alldeles för lång för att smälta in i mängden.

Celines ansikte lyste av glädje när Matthew och Pierre kom tillbaka med kastanjer, dill, grädde och smör, och en rimmad skinka som skulle mätta dem i flera dagar. Hon slängde armarna om honom i tacksamhet och kysste honom på båda kinderna.

Han vacklade inför den oväntade ömheten och undrade om det

fortfarande fanns tid att gå raka vägen tillbaka till marknaden och köpa mer.

Deras måltid blev en fest för sinnena och en varm glöd omslöt den lilla stugan. Kastanjesoppa, escargot med vitlök och persiljesmör, skinka med honung och senap, kyckling med krämig dragon. De höll sig om magen av förtjusning och en liten smärta innan kvällen var över.

Sedan överraskade Celine dem alla genom att ta fram en burk katrinplommon att dela, som de ackompanjerade med kryddat vin.

⁂

Livet hade en förmåga att snabbt hitta en regelbunden rytm, vilket borde ha varit ett tecken för Céline att ingenting fick tas för givet. Att ha Matthew boende hos dem, som glatt lärde pojkarna engelskans finesser, och dessutom lite slang, var utmärkt för deras utbildning.

Självviskt nog njöt hon av sällskapet av en vuxen som gjorde hennes liv lättare, inte svårare. Var Matthew en andra chans till lycka och stöd, eller lurade hon sig själv genom att se mer i honom än vad som fanns? Skuldkänslor sköljde över henne varje gång hon kom på sig med att titta på honom, uppskatta hans långa, stadiga gestalt och den vänlighet som lyste från hans ansikte.

Men hon var en kvinna, och hon hade inte dött när Alain gjorde det. Det var väl ingen skada i att titta? Hon skulle sakna honom fruktansvärt när han återvände till England. Kanske fanns det ett sätt för henne, Philippe och Pierre att en dag besöka Hatfield? Det var en dröm hon då och då tillät sig. Att hälsa på, träffa hans döttrar. Hon älskade att höra honom tala om dem; hur han stolt beskrev varje flicka med hennes unika drag och styrkor.

Om hon gav sig av nu, gick det inte att veta vad hon skulle komma tillbaka till, eller om stugan ens skulle stå kvar. Kanske, när det blev lite lugnare, kunde hon hyra ut den till en ung familj som kunde rusta upp trädgårdarna.

Saker och ting skulle väl lugna ner sig snart. Livet skulle återgå till det normala, det var hon säker på. Matthew hade bott hos dem i flera månader nu och sa att det inte var någon brådska att åka hem, och själviskt nog började hon hoppas att han kanske skulle stanna, även om hon visste att det var omöjligt. Han kunde inte överge sina döttrar och sin bokhandel för alltid.

I bakhuvudet var hon medveten om att han stannade för att han fruktade för hennes säkerhet, och han föreslog också regelbundet, varsamt, att hon och pojkarna skulle följa med honom till England. Bara för ett år eller två, tills saker blev tryggare. Hon bara... kunde inte riktigt förmå sig att ge sig av. Varje gång han nämnde det, avfärdade hon honom med "Jag ska fundera på det" och han accepterade hennes beslut med en nick.

Det borde ha varit en vanlig morgon på marknaden för att köpa mat för dagen. Matthew behövde en ny koffert för att skicka böcker hem till Hatfield, och Céline gick bredvid honom och delade idéer om måltider de kunde laga av säsongens råvaror. Det hade varit underbart om de alla hade kunnat promenera tillsammans som en familj, men Céline höll pojkarna hemma. Även om det var så mycket säkrare än det varit på länge, gjorde något henne motvillig att låta de långa pojkarna, särskilt Philippe, röra sig för mycket ute i det öppna. Det fanns inte många yngre män i rörelse. Det fanns några mycket unga pojkar i lappade kläder och gott om äldre män i Matthews ålder och uppåt, men inga i Philippes ålder.

Gott om flickor däremot, vilket Céline oroade sig för skulle visa sig vara en ännu större fara för hennes son än att bli inkallad till armén.

Längre fram satte en man upp en anslagssedel på marknadens anslagstavla, och många människor samlades för att läsa. De stirrade på varandra och skakade på huvudet, innan de skyndade därifrån i spänd tystnad. Nyfiken trängde sig Céline fram till fronten av folksamlingen och läste meddelandet.

Kall fasa fyllde hennes ådror för varje ord. Napoleon hade rymt från Elba! Inte nog med det, han samlade en armé. 5:e infanteriregementet i Grenoble hade anslutit sig till honom mangrant. Det var obegripligt, de skulle ju vara rojalister! Resten av orden suddades ut medan hon kämpade för att förstå alltihop.

Matthews starka arm runt hennes axlar höll henne stadig medan även han läste nyheten.

"Det är lugnt," tröstade han och strök henne över armen.

"Det kan det inte vara. Det är för mycket!" Célines ord blev osammanhängande när paniken kröp in.

"Vi behöver transport," sa Matthew, "vi skaffar biljetter med nästa diligens till Le Havre."

Pojkarna. Allt hon kunde tänka på var att hålla sina pojkar i säkerhet. "De tar Philippe så fort de ser honom."

Matthew grep Célines hand och de sprang till diligensvärdshuset, där en högljudd och desperat folkmassa redan hade samlats.

"Käre Gud, vi är för sena!" ropade Céline.

Matthews röst var stadig och lugnande: "Jag sa att jag skulle hålla dig trygg. Låt oss gå tillbaka till stugan, vi planerar därifrån vad vi ska göra."

"Du hade rätt hela tiden," sa hon, och rädslan eldade på hennes panik när hon skyndade hemåt. "Jag trodde att Frankrike skulle vara säkert, men hur kan det vara det nu? Käre Gud, jag har väntat för länge och nu tar de mina pojkar. Jag är så dum som inte lyssnade på dig." Hennes ansikte hettade av ansträngning, men några tårar kom inte. De skulle säkert komma, och hon skulle vara beredd på dem.

"Sluta straffa dig själv," sa Matthew. "Du gjorde vad du trodde var bäst. Hur skulle någon kunna veta att dåren skulle ta sig ut?"

"Ingenting kan stoppa honom, det vet jag nu," sa Céline.

Väl tillbaka i stugan gav Céline det hemska beskedet till en stoisk Philippe och en skälvande Pierre, att Napoleon hade rymt från Elba och samlade arméer i detta nu.

I febril verksamhet packade de sina käraste ägodelar och så mycket mat de kunde få ihop. Céline sprang till sitt rum och tog på sig sina gamla kjolar med juveler insydda, och drog sedan sin äldsta, smutsigaste kjol ovanpå för att utåt se ut som en kvinna med ingenting. Lagren skulle åtminstone hålla henne varm om nätterna.

Matthew kom tillbaka efter en halvtimme som kändes som en hel dag, med en tvåhjulig åsnekärra. Minus åsnan.

De lastade sina tillhörigheter på flaket. Han och Céline tog varsin skakel och drog den bakom sig, pojkarna gick tätt intill.

"Det tar oss veckor att komma till Le Havre," sa Céline och undrade redan hur de skulle överleva resan.

Matthew skakade på huvudet när de började gå via stadens utkanter i stället för tillbaka genom marknadsplatsen. "Det ligger för långt norrut, och vägen till Paris som vi skulle behöva ta är inte säker. Passagerarna som klev av den senaste diligensen sa att det är illa. Vi går i stället sydväst och försöker hitta ett skepp i La Rochelle."

"Hur tog sig Napoleon dit så snabbt?"

"Jag vet inte om det verkligen är han. Jag hör att andra arméer samlas och rör sig för att hejda honom, men det är svårt att veta hur mycket som är sant och hur mycket som är panik. Bäst att anta att det finns män och arméer överallt norr om oss, så det blir säkrare att gå söderut."

"Mina fötter gör ont," sa Pierre.

"Jag vet, älskling," sa Céline. "Jag behöver att du är modig för min skull."

"Ni två kan klättra upp," sa Matthew, "vila fötterna medan vi är på slätmark, men när vi kommer till en backe behöver vi att ni kliver av och puttar på."

"Mina fötter är okej," sa Philippe, och lät alldeles för vuxen för sitt eget bästa.

Om en armé råkade stöta på dem skulle de ta ut honom i tjänst snabbare än hon hann blinka. Céline tänkte ut ett sätt att dölja honom lite mer. "Kryp ihop på flaket och sov lite, jag behöver dig för att dra kärran senare."

Philippe lydde utan att argumentera, och hon drog en lättnadens suck.

Matthew sänkte rösten och sa: "Jag lägger en filt över dem också, så ser de ännu yngre ut."

I nästa stad frågade de efter vägen till La Rochelle och fann att de slog följe med fler människor från olika delar av landsbygden som gick, drog en kärra eller red på vilket djur som helst, åsna, oxe eller häst, åt samma håll. De var omgivna av ensamresande, par och hela familjer som alla desperat sökte samma sak: trygghet.

På den tredje dagen av den utmattande, malande färden lyckades Matthew göra upp en affär med en man som hade två åsnor, och bytte till sig den mindre av dem mot några silverkedjor och några mynt. De länsade ladan på en övergiven gård på några selar och remmar för att fästa åsnan vid kärran.

Célines armar var vid det här laget svaga som kokt spagetti och hon var täckt av blåmärken efter flera fall; hon hade kunnat gråta av tacksamhet när den lilla åsnan villigt lutade sig in i skaklarna och kärran började rulla.

"Sätt dig bak med Pierre en stund," sa Matthew mjukt, kanske anande hennes utmattning. "Och här." Han räckte henne en flaska. "Den hittade jag i gårdens kök."

"Vin?" Hon blinkade mot honom.

"Du ser ut att behöva det." Han log snett. "Kanske inte hela flaskan. Spara lite till i kväll. Det kan hjälpa dig att sova."

Hon hade knappt sovit sedan de lämnat Tours. Efter några klunkar vin fann hon sig själv nicka till mot Pierres axel, trots den skrangliga kärran som skumpade på den grova vägen.

Det var sent på eftermiddagen när hon vaknade, himlen var mattsvart järngrå och varnade för förestående regn. ”Vi borde leta efter skydd,” ropade hon till Matthew och hoppade ner från kärran för att gå bredvid honom.

Matthew nickade. ”Jag har hållit ögonen öppna. En dryg mile till, tror jag, så lämnar vi vägen, kanske in i den där dungen. Det kommer att finnas plats för tre att sova under kärran.”

“Men vi är fyra,” påpekade hon.

“Jag tycker inte att vi ska sova alla samtidigt. Det finns desperata människor överallt, och en åsna med kärra kommer att se ut som rikedomar för många.”

De drog in åsnan och kärran bland träden och hittade en skyddad plats för att få lite vila.

Matthew sa: ”Du, Philippe och jag kan turas om att hålla vakt.”

“Jag kan hjälpa till!” utbrast Pierre genast.

Matthew såg på Céline, som verkligen uppskattade att han lät henne fatta beslutet för sin son. Hon tvekade ett ögonblick och såg på honom. Bara tolv ... men han hade redan sett för mycket i sitt korta liv, och liksom Philippe var han lång och stark för sin ålder.

“Nåväl,” gav hon med sig. ”Du kan ta sista vakten, fram till gryningen. Men innan dess behöver du lära dig hantera en pistol.”

Pierres ögon lyste genast upp.

“Inte för att skjuta!” sa Matthew snabbt. ”Vi har inte krut och kulor att slösa. Men jag ska lära dig hur du siktar och hur mekanismen fungerar. Du är tillräckligt gammal för att lära dig sånt här. När du står vakt, däremot, om du ser något som oroar dig, är det första du måste göra att väcka mig, förstår du?”

Pierre lovade högtidligt, och Matthew tog fram sin pistol. Han hejdade sig och stoppade tillbaka den i fickan, och ändrade sig.

"Faktiskt, Céline, det vore bättre om han lärde sig skjuta med din. Får jag låna den?"

Hon nickade, tog fram den ur sin ränsel och räckte över den. Matthew tömde pistolen varsamt, hällde tillbaka krutet i hornet och stoppade skottet i fickan tillfälligt för att kunna undervisa Pierre med ett säkert, oladdat vapen.

Céline var tvungen att slita blicken från hans skickliga, starka händer när han visade hur vapnet fungerade, först på engelska och sedan på franska för att försäkra sig om att Pierre förstod varje ord. Så vänlig och tålmodig, så mild och ändå så stark; det kändes illojalt mot hennes makes minne att känna så här, men Alain hade aldrig haft just de egenskaperna i någon större mängd. Även om han aldrig varit fysiskt våldsam hade Céline och hennes söner tassat på tå kring honom för att han inte skulle tappa humöret och börja vråla och rasa. Inte ens deras château hade varit tillräckligt stort för att hitta ro när Alain var i ett av sina lynnen.

Matthew räckte den oladdade pistolen till Pierre så att pojken fick känna tyngden. Vördnadsfullt hanterade barnet vapnet, placerade det i greppet och linjerade sedan siktet mot en trädstam.

Åsnan skrämdes och ryckte bakåt, och gav ifrån sig ett skri.

"Mamma!" Philippe såg faran först och reagerade modigt. Han klev fram och skärmade av Céline bakom sig när en främling klev ut ur den djupare skogen.

Céline, härdad av år i fara, grep efter sin pistol. Hennes hand slöt sig om tom luft, för pistolen var i Pierres hand, hopplöst oladdad.

Mannen klev fram ur träden, pistolen höjd och redo. Han flinade och visade flera saknade tänder. "Släpp den där, grabben," sa han till Pierre, som hade stelnat med skakande händer. "Den gör ingen nytta utan skott i ändå, eller hur?"

Han måste ha hållit ögonen på dem ett bra tag för att veta det. Céline svor tyst.

Pierre släppte pistolen, och den tunga dunsen när den föll till marken var nästan öronbedövande i den plötsliga tystnaden.

"Vad vill du?" frågade Matthew med förvånansvärt lugn röst.

Rövarens flin blev bredare. "Allt ni har, min vän. Kärran och åsnan." Hans blick föll på Céline. "Kvinnan. Lite gammal, men fortfarande söt. Pojkarna kan du behålla, de är inte i min smak."

Fler förbannelser skrek genom Célines huvud.

"Låt oss prata om det här, min vän," sa Matthew och spred ut händerna för att verka ofarlig. Att han hade nerver att vara så lugn imponerade djupt på Céline.

Han tog två obekymrade steg framåt och placerade sig medvetet mellan rövaren och Pierre, som stod likblek och skakade. "Tro mig, du vill inte släpa runt på en arg kvinna, och det är vad du får om du skiljer den här från hennes barn. Har du aldrig sett en varghona slåss för sina valpar? Det vill du inte ha att göra med."

Rövarens blick gled till Céline. Hon krökte med flit överläppen i avsky och blottade tänderna, i hopp om att hålla hans uppmärksamhet på henne och inte på att Matthew nu bara var ett par steg ifrån. "Ni ser inte ut att veta vad ni ska göra med en kvinna ändå!" fräste hon oförskämt, samtidigt som hon såg närmare på honom och insåg att han inte var så gammal själv, kanske bara i tjugoårsåldern. "Ni är uppenbart feg, annars vore ni med en riktig armé någonstans! Vad gjorde ni, deserterade? För det skjuter de er!"

"Jag ska nog stänga den där käften åt dig!" väste rövaren åt henne. Då fångade Matthews rörelse hans öga, och han måste ha sett hur nära de var.

Men i stället för att backa, tryckte han bara av.

skott

Célines skrik slet sönder luften när pistolen brann av med en öronbedövande smäll och Matthew föll. Hon rusade fram, skrikande som en besatt. Rånaren backade, likblek, medan Philippe gick till anfall mot honom med en gren som han måste ha ryckt åt sig i förvirringen och kaoset.

Céline kastade sig över Matthews kropp, men det fanns ingen tid att sörja, inte nu. Hon fumlade vid hans rockficka, och där, där fanns hans pistol. Varför hade han inte använt den? Hon hade inga sådana skrupler. Hon ryckte ut den och ropade för full hals: "Philippe, ner!"

Väl tränad att genast lyda hennes order kastade sig Philippe platt. Utan att tveka sköt Céline deras tilltänkta rånare, Matthews mördare, rakt i bröstet.

" Aj", sade en röst under henne.

Va? Céline tittade ner, häpen. Matthew... pratade?

Hans ögon glimmade upp mot henne.

" Var är ni skadad?" flämtade hon, kröp bakåt av honom och letade efter blodet, händerna redan på väg att slita av remsor av kjolen till bandage.

Till hennes fullständiga häpnad satte sig Matthew upp och gnuggade bröstet.

Tårar av lättnad grumlade synen och hon gjorde sig redo med ett nytt riv i kjolen. "Var är blodet?"

Matthew drog långsamt in andan och gnuggade bröstet igen. Plågsamt långsamt, för Céline, knäppte han upp rocken och kavajen och drog fram något ur en innerficka.

Det var en rulle mynt, intryckt av kulan. Under den var hans skjorta oskadad, även om han gnuggade bröstet igen. Han skulle få ett blåmärke vad det led, men huden var inte bruten.

Céline snörvlade och använde tygremsan som näsduk åt sig själv i stället för bandage åt honom, och stack sedan ner den i fickan. "Kan ni resa er?"

" Absolut", svarade Matthew.

Céline sände upp en tacksam bön över att han levde och i övrigt var oskadd, och att hennes tappra pojkar var i säkerhet.

" Bra skjutet, Maman", sade Philippe gillande och gick för att krama sin bror medan Pierre fortfarande såg livrädd ut. "Rakt genom hjärtat."

Matthew gick bort till angriparens livlösa kropp och tog pistolen ur hans döda fingrar. "Jag är ledsen att ni måste se det här", sade han och gick sedan igenom mannens fickor efter allt av värde. "Vänd bort blicken om ni behöver."

Céline hade ingen avsikt att vända bort blicken. "Gode, milde Matthew, må jag påminna er om att Frankrike är i krig. Det här är inte första gången jag har tvingats försvara min familj, även om jag ber att det blir den sista. Philippe, hjälp mig få av honom stövlarna. De är alldeles för bra för att slösas bort."

Philippe tog sig an uppgiften och snart hade de tagit allt användbart från honom. Philippe gav sedan sina stövlar till Pierre och drog på sig den dödes par.

Pierre sade: "De här är mycket bättre, tack Philippe. Maman, ska jag lägga mina vid vägkanten ifall någon annan behöver dem?"

" Det är en vacker tanke, min gosse, men behåll dem. Vi kan sälja dem för några mynt vid tillfälle. Lägg dem på vagnen."

Matthew spanade genom skymningen och fick syn på något. "Jag känner röklukt. Ser ni det där?" Han pekade in i mörkret under träden.

Céline följde hans gest. Spelade ögonen henne ett spratt, eller var det där ett svagt orange sken? "Det finns något där, men det är väl gömt."

" Jag går och tittar."

Céline grep honom om armen: "Var försiktig!"

Hon trodde att hon hade förlorat honom, hon skulle inte stå ut om det verkligen hände.

Han klappade henne på handen och sade: "Jag har nu två laddade pistoler. Om ni hör något, stanna precis där ni är, kom inte efter mig."

" Men ..."

" Jag kommer tillbaka, jag lovar", sade han.

Att vänta i det tilltagande mörkret rev Céline i stycken. Hon måste hålla sina pojkar säkra, hon stod heller inte ut med tanken på att något skulle hända Matthew, för hon ... kära nån. Hon hade utvecklat en tendresse för honom. Hade börjat förlita sig på honom. Beundrade hur förstående och tålmodig han var med pojkarna.

Hon svor tyst ännu en gång och skällde på sig själv för att hon lät fantasin skena. De var i fara, hade varit det i många år, och den här mannen, med vilken hon redan hade släktband, hade dykt upp precis i rätt stund och erbjudit trygghet.

Det var djup tacksamhet hon kände, inte kärlek.

En kort stund senare fick prassel henne att haja till. Matthew kom fram ur dunklet och sade: "Det är ännu bättre än jag trodde. I kväll ska vi festa!"

Ja, oerhörd tacksamhet var precis vad hon kände när Matthew ledde dem nedför en gropig, igenvuxen stig mot ett fallfärdigt skjul. Det fanns faktiskt en eld, väl gömd, även om den nästan hade slocknat. De skulle inte lägga på mer, det skulle bara locka dit fler desperata människor.

Viktigare än den varma elden var grytan med middag i. Det fanns bara en mugg och en skål, som måste ha tillhört deras angripare. De drack turvis av grytan ur skålen och muggen och petade in de större bitarna i munnen med fingrarna. Det måste vara kaningryta, intalade sig Céline. Det fanns bitar av lök och andra grönsaker som främlingen hade fått tag i. Möjligen maskrosrötter och Gud vet vad mer, att döma av de små gruskorn som då och då fastnade i tänderna.

Det var en plats så god som någon att tillbringa natten på. Skjulet hade låga partier av tak som de kunde hålla sig torra under. Snart låg pojkarna hopkurade och sov.

I närheten betade åsnan tuvor av gräs medan Céline tittade upp mot natthimlen. Det var så mörkt, inte hjälpt av att de var omgivna av träd och tunga moln dolde månen, även om det utlovade regnet som tur var inte hade blivit av. Matthew lade på några grenar för att hålla elden vid liv och kom sedan fram till henne.

" Hur är det med er?" frågade han.

Céline ryckte på axlarna: "Ingenting är egentligen bra, men jag står ut."

" Det här är en ful historia."

Céline skakade på huvudet, förbryllad: "Jag är glad att jag sköt honom, om det är det ni oroar er för."

" Det gick så fort att jag inte såg vem som gjorde det. Jag tänkte att kanske Philippe ..."

Om hon hade kunnat skratta, hade hon gjort det. "Käre Matthew, så bekymrad över mina fina känslor. Han sköt dåligt, det gjorde inte jag. Och ni hade rätt, ni varnade honom för att jag var en ulvhona som skyddar sina ungar. Han valde att anfalla oss och han fick vad han förtjänade."

Matthew harklade sig och mumlade något för sig själv om att kriget gör människor desperata.

" Hur som helst, vad ska vi göra med kroppen?" Céline ville inte älta dagens händelser. Ju förr de kunde ge sig av igen på morgonen desto bättre, men hon tyckte inte det var särskilt klokt, eller barmhärtigt, att lämna kroppen där den låg. Efter några dagar skulle den locka till sig asätare, och inte ens en desperat tjuv förtjänade det.

" Jag har varken ork eller redskap att gräva en grav, ens en grund", svarade Matthew trött. "Vi hittar någon plats att gömma den i morgon. Försök sova ni ... jag tar första vakten."

I gryningen flyttade Matthew och Céline mannens kropp till en naturlig fördjupning i marken och började täcka honom med stenar i närheten. När det blev svårare att hitta stenar tog de grenar och täckte honom med dem.

Så snart pojkarna vaknade tog de sig tillbaka till vägen med åsnan och vagnen och fortsatte söderut mot La Rochelle.

Hur mycket Céline än avskydde tanken på att lämna Frankrike, skulle hon få sina pojkar ombord på första bästa skepp de kunde komma med, bort från hennes söndertrasade hemland.

Hon sände upp en hoppets bön om att hon en dag skulle kunna komma tillbaka, när hennes land inte längre slet sig självt i stycken.

***

Antalet desperata människor på vägarna fortsatte att växa. Alla på den här sidan av Frankrike verkade vara på väg i samma riktning, mot hamnen för att komma ombord på ett skepp.

La Rochelles gator myllrade av mänsklighetens bästa och sämsta sidor, allt packat tätt tillsammans.

På dagarna höll sig Céline och pojkarna väl gömda i ett övergivet lagerhus inte långt från kajerna. Matthew gav sig iväg varje dag i hopp om att ordna passage. Tre dagar i rad kom han tillbaka nedslagen och tomhänt.

På fjärde dagen återvände han redan efter några timmar, ansiktet lyste av glädje.

" Vi måste lämna åsnan och vagnen här och bara ta det vi kan bära. Jag har ordnat passage åt oss, men vi måste gå nu."

Yr av upphetsning samlade de ihop sina saker. Philippe och Matthew höll var sin sida av kofferten och bar den mellan sig, medan Céline släpade på en överfull mattväska och Pierre hade tagit på sig så många kläder han kunde utanpå. Han såg ut som en illa gjord leksak, men han log mot dem av lycka ändå.

Kajen var i sikte när en gäll visselsignal ljöd.

" Halt!" ropade en mans befallande röst.

" Non!" ropade Philippe bakom henne.

En annan man ropade: "Ge upp eller bli skjutna! Snygga stövlar, förresten."

Céline vände sig om och såg sina värsta mardrömmar förkroppsligade.

Mot dem stod en hel bataljon, och de tog Philippe!

KAPITEL 7

Tvångsvärvade!

" Bråka inte." Matthew grep tag i Céline om armen när hon kastade sig framåt. "Det gör ingen nytta."

Han såg hur varje instinkt i henne skrek att hon skulle springa till sin son, skälla ut soldaterna och kräva att de tog händerna från honom, men det skulle inte hjälpa, och Céline nickade stelt efter några spända ögonblick. Hon släppte inte Philippe med blicken när han drogs bort, och han såg sig om efter dem med ren panik i ansiktet.

De hade haft så bråttom att komma till båten att de inte hade hållit en låg profil. Matthew ville ropa till Céline att hon inte skulle oroa sig, att allt skulle ordna sig, men ett sådant löfte kunde han omöjligt ge. I ett ögonblick övervägde han att fortsätta, få ombord Céline och Pierre på skeppet och själv stanna kvar för att hitta Philippe. En sekund senare avfärdade han tanken. Céline skulle aldrig lämna Philippe.

" Ta andra änden av kistan," sa Matthew tyst. "Vi måste tillbaka till magasinet, gömma oss och lägga en plan."

" Planera vad?" Céline lät fullständigt förtvivlad, och han klandrade henne inte, men han gav inte upp hoppet än. Soldaterna ville värva Philippe, inte sätta honom i fängelse. Om pojken hade vett att spela med – och han var en vettig pojke – kunde han kanske komma undan vid något tillfälle. "Vad menade de med hans stövlar?"

Matthew ryckte på axlarna och sa: "Jag vet inte. Antagligen att han ville ha dem." Skulden knöt sig i magen vid tanken att de av misstag hade klätt den stackars killen i en arméofficers stövlar. Han kunde sparka sig själv för ett sådant misstag."

Pierre sprang mellan dem, likblek, när de tog sig tillbaka till magasinet, då de inte hade någon annanstans att ta vägen.

" Skeppet?" frågade Céline när de äntligen drog igen den rangliga dörren bakom sig.

" Väntar inte på oss." Matthew klandrade inte kaptenen. Åtminstone hade han inte betalat i förskott för deras passage och hade fortfarande sina återstående medel. "Vi hittar en annan väg."

" Vad gör vi nu?" frågade Pierre med darr på rösten. "Vi kan inte lämna Philippe..."

" Vi lämnar inte Philippe," sa Matthew och försökte låta lugn och säker för pojkens skull, fast hjärtat dundrade i bröstet. "Jag behöver att du stannar här med din mamma, Pierre, och håller henne trygg; kan du göra det för mig? Kanske laga något åt oss att äta."

Matthew tog av sig rocken och påminde Céline om sakerna i fodret.

Ingen av dem frågade vart han skulle när han öppnade dörren och smet ut. Han kunde inte ens lova att han skulle komma tillbaka, för en sak var säker: han skulle komma tillbaka med Philippe, eller inte alls.

Med lite tur skulle kedjorna och tackorna som var insydda i skjortan räcka för att muta rätt sorts folk och få tillbaka Philippe.

Flera timmar senare hittade han kasernerna i utkanten av den norra sidan av staden. Det fanns så många grupper av unga män som slagit läger överallt. Det var ingen garnison, så åtminstone fanns det inga murar att ta sig över. Men det fanns alldeles för många beväpnade män som patrullerade området för att han skulle kunna promenera in bland dem och börja ropa på Philippe.

Han bad faktiskt patrullerande soldater att få tala med bataljonens befälhavare och bestämde sig för att låtsas att han ville ta värvning.

" Gå hem, gubbe," sa de.

" Jag är inte så gammal!" protesterade han. "Låt mig ta värvning igen!"

De ryckte på axlarna men tog honom till officerstältet där de avbröt en omgång kort.

Matthew bestämde att officeren som hade minst med pengar skulle vara lättast att muta. "Jag kom för att ta värvning med min son, Philippe. Ni tog honom, så ni kan lika gärna ta mig."

" Vi har dussintals som heter Philippe," sa en annan officer.

Officeren med minst pengar förlorade just den given, och en annan skopade åt sig vinsten. Förbannad över oturen slog han ner sina kort och sköt tillbaka stolen, med blicken fäst vid Matthew.

" Låt mig åtminstone säga adjö till honom."

Den förlorande officeren kom fram till Matthew och sa: "Gå med mig." När de kom ur hörhåll sa mannen: "Du var vid hamnen, när vi ... rekryterade Philippe."

Matthew hörde skiftet i ton. Det var dags att visa första mutan. Han tog fram ett mynt, räckte det till mannen och sa: "Det måste vara en annan grabb. Min skrev in sig som en sann son av Frankrike", även om det retade honom att säga det.

Officeren stoppade myntet i fickan och höjde ögonbrynet.

" Han är väldigt ung," Matthew gav officeren ett mynt till, som officeren tog emot. "Alltför ung för att gå med på riktigt. Jag skulle vilja se honom en gång till för att önska honom allt gott, den dumdristiga lilla saken."

Officeren höll fram handen igen och Matthew lade två mynt till i den.

" Vänta här," sa mannen.

Matthew fick till slut spendera nästan allt han hade på sig för att få Philippe fri, men när han väl var det sprang de tillbaka till platsen där Céline och Pierre gömde sig.

" Lasta åsnekärran, och Philippe, du kan behöva gömma dig i en kista."

Céline höll hårt om sin son och sänkte rösten. "Tack, Matthew, tack," sa hon innerligt.

" Vi måste ge oss av nu genast," sa han, knappt över en viskning.

Till och med åsnan verkade förstå uppgiften och gav knappt ifrån sig ett ljud när de smet ut ur magasinet och tog vägen söderut.

Några timmar senare, när de lämnat La Rochelle bakom sig, frågade Pierre: "Är vi på väg mot Bordeaux?"

" Vi måste längre söderut än så, är jag rädd. Vi kan inte vila förrän vi är på andra sidan den spanska gränsen.

" Spanien!" Céline stannade och stirrade på honom. "Det måste vara mer än tvåhundra mil härifrån!"

" Vi har inget val," sa Matthew mjukt. "Jag tvivlar på att det finns någon plats som är säker i Frankrike just nu, och det kan det inte vara på många månader. Alla försöker ta sig ut; inga fler skepp kommer att gå in i hamn av rädsla för att bli beslagtagna. Det enda sättet till säkerhet är att ta sig över spanska gränsen och hitta en brittisk garnison där."

Och även då skulle de bara vara säkra när Napoleon var besegrad en gång för alla och förhoppningsvis nedgrävd i ett djupt, mörkt hål någonstans, även om han inte sa det högt.

Céline blåste ut kinderna och stirrade på honom, men han såg att hon tänkte igenom det och kom till samma slutsats.

" En lång vandring," sa hon till slut. "Med få förråd." Hon såg på det som fanns på åsnekärran. Maten började ta slut.

" Vi klarar oss, Maman," sa Philippe stadigt. "Vi sätter snaror för kaniner när vi vilar, och kanske fångar en och annan and, och det finns svamp."

Grabben lät självsäker, men han var ingen idiot, och Matthew såg att Philippe satte mod till det för Pierres skull. Alla var redan för magra, och de långa milen mellan La Rochelle och den spanska gränsen skulle kräva mycket energi och slit.

De skulle göra det bra om de i snitt kom en och en halv mil om dagen, och han misstänkte starkt att det var betydligt mer än de tvåhundra mil som Céline hade gissat till gränsen, särskilt som de inte kunde ta de mest direkta vägarna. De måste göra nästan all förflyttning nattetid och gömma sig på dagen, så att de inte råkade ut för fler värvare. Bara flodöverfarterna skulle vara extremt farliga, och det fanns åtskilliga mellan här och Spanien.

De skulle ha tur om de nådde Spanien inom en månad, enligt Matthews bästa uppskattning.

Men det fanns inget annat val, så han samlade ihop ett leende och lade handen på Pierres axel. "Har jag lärt dig några sånger på engelska än? Att sjunga på ett språk är ett utmärkt sätt att få till uttalet."

Vädret blev varmare medan de långsamt tog sig söderut, undvek städer och samhällen och bara gick in i byar när de blev fullständigt desperata. Céline insisterade på att hon och Pierre skulle vara de enda som visade sig offentligt, vilket Matthew hatade, men hon hade rätt. De hade sett mer än ett följe av män som marscherade längs vägarna med gråskäggiga bönder som uppenbart tvångsvärvats, så Matthews ålder skulle inte ge honom immunitet. Han och Philippe tvingades hålla sig gömda och slet med att låta de mer sårbara i sällskapet vara de som gick in i det okända.

Varje gång kom ändå Céline och Pierre tillbaka med en liten mängd av vadhelst de kunde lägga vantarna på. Under tiden hade Matthew och Philippe letat rätt på vad de kunde hitta i form av svamp, vildlök och vitlök, och ibland en and eller gås om de lyckades smyga sig på och överrumpla en vid en damm. De åt inte gott, men det räckte för att hålla dem uppe under den långa, långsamma marschen söderut.

De hade ett skräckfyllt ögonblick när de korsade Dordogne på en grund pråm; ett sällskap värvare kom just när de lämnade norra stranden och beordrade färjkarlen att vända.

" Om du vänder om, skjuter jag dig i huvudet," sa Céline till färjkarlen, som gav henne en skräckslagen blick.

" Jag har inte för avsikt att vända om, madame. De tar mig förmodligen lika gärna som er son. Låt dem hitta ett annat sätt att korsa floden; den här båten kommer inte tillbaka till norra stranden på många dagar, det lovar jag er!"

Dagarnablev längre, även om det aldrig var ljust lika sent som Matthew var van vid under den engelska högsommaren, och terrängen blev kargare när de närmade sig Pyrenéerna. Han hoppades slippa korsa dem och planerade att vika tillbaka mot kusten när de väl hade passerat Bayonne, den sista större staden norr om gränsen. Terrängen hade blivit allt mer kuperad i flera dagar, och alla blev trötta av de ständiga upp- och nedförsbackarna.

" Hur lång tid tror du, tills vi når Spanien?" frågade Pierre en kväll när de packade ihop sitt provisoriska läger och gjorde sig redo för ännu en natt av vandring.

" Inte länge." De hade inga ordentliga kartor, men varje gång Céline vågade sig in i en by ställde hon frågor om vart vägarna gick och hur långt det var till nästa orter, och han hade skissat upp något som han trodde var ungefär rätt. "När vi väl korsar Adour, förhoppningsvis i morgon, kan vi ta oss söder om Bayonne och därifrån är det kanske trettio mil till gränsen och ytterligare en och en halv mil därifrån till San Sebastián." Där han i desperat hopp tänkte hitta ett skepp. Staden hade bränts ner efter en belägring bara två år tidigare, men hamnen var alltför strategiskt viktig för att ha övergivits.

" Och om det inte finns något skepp i San Sebastián?" frågade Céline, som kanske läste hans tankar.

" Då fortsätter vi till Bilbao," sa han stadigt. "Vi hittar ett skepp. Det lovar jag."

KAPITEL 8

Avvisade vid gränsen

S lutet av juli, 1815

"Vad menar ni, att de inte kan släppas igenom?" Matthew stirrade oförstående på den spanske gränstjänstemannen, som gav en urskuldande axelryckning. Matthews spanska var usel, men lyckligtvis talade vakten utmärkt franska.

"Jag är ledsen, sir. Era papper är i ordning, förstås; brittiska undersåtar får fritt resa in i Spanien. Men era följeslagare är fransmän, och de får inte passera." Mannen räckte tillbaka pappersbunten och ryckte på axlarna igen. "Det finns inget jag kan göra."

Han hade inte kommit så här långt för att misslyckas. "Finns det någon annan jag kan tala med?" frågade han.

Spanjoren såg missnöjd ut, men nickade. "Det finns en avdelning brittiska soldater här. Om ni vill kan jag hämta en av deras officerare så kan han tala med er." Han sade inte rakt ut att om den brittiske officeren befallde att Céline och hennes söner skulle släppas in i Spanien, så skulle det tillåtas, men Matthew förstod vad som anades och svor tyst för sig själv. Den här mannen verkade inte mottaglig för mutor, men han hade hoppats att mannens överordnade kunde vara det. Om det däremot var en brittisk officer, verkade det osannolikt.

Ungefär en timme senare dök en liten, rundlagd man upp, blossande röd i ansiktet som sin röda rock. "Baxter", sade han, medan han tittade på Matthews papper. "Från Hatfield? Ni är långt hemifrån, sir."

"Ni anar inte," sade Matthew trött. "Resan har varit fruktansvärd, och nu får jag höra att mina följeslagare inte kan korsa gränsen eftersom de är fransmän."

"Det stämmer, dessvärre." Officeren såg på Matthews uttröttade ansikte och tycktes tycka synd om honom. "Kom och sätt er en stund. Vinet är förvånansvärt gott. Cornell, förresten, major Cornell."

Matthew följde med majoren in i ett litet, nerslitet kontor och slog sig ner vid det tilltufsade bordet. Cornell slog upp vin i två bleckmuggar och skålade med den ena.

"Nåväl. Berätta om era följeslagare och varför ni är så angelägen om att få tre fransoser i säkerhet."

"Min hustru var fransyska," medgav Matthew. "Av aristokratisk släkt; de flesta i hennes familj dog under revolutionen, men hennes kusin Céline överlevde. Det är Céline och hennes två unga söner jag reser med."

"Hm." Cornell tog en klunk av vinet. "Ni sade att er hustru var fransyska?"

"Hon gick bort för fem år sedan."

"Så ni är änkling?"

"Ja." Matthew hade inte den blekaste aning om vart den här frågelinjen ledde.

"Och denna Céline, lever hennes make?"

"Nej..."

"Det här har ni förstås inte hört av mig." Cornell log snett, men förvånansvärt vänligt. "Men en engelsman som reser med sin hustru och sina söner, ingen skulle faktiskt titta på deras papper. Bara på hans."

Hoppet tändes i Matthews bröst. "Så om jag påstod att hon var min hustru..."

"Tyvärr skulle ni behöva kunna bevisa det."

Han funderade en stund, tog en klunk vin och fann att det, som Cornell sagt, var förvånansvärt gott. "Råkar det finnas en fältpräst knuten till den här avdelningen?"

"Det gör det, som det råkar vara." Cornell log igen. "Företagsam karl. Mycket villig att skriva vigselintyg åt soldater som vill gifta sig med traktens flickor och så vidare."

"Skulle jag möjligen kunna besvära er om en presentation?"

"Gärna. Men först, sir, har jag några frågor till er. Var exakt var ni i Frankrike, och hur länge?"

Matthew blinkade, lite överraskad, och insåg sedan att majoren undrade om han hade någon upplysning som kunde vara militärt användbar. Att dela allt han visste kändes som det minsta han kunde göra med tanke på hur hjälpsam Cornell var, så han lutade sig tillbaka i den obekväma stolen, sippade på vinet och började prata medan officeren förde anteckningar.

Matthew önskade att han hade mer att dela, men han hade knappt haft någon kontakt med någon annan än Céline och hennes söner på veckor. Han kunde säga Cornell föga, utom att nästan varje hop soldater och värvare han sett sedan han lämnade Tours tycktes svära trohet till olika läger.

"Inte förvånande, med tanke på omständigheterna," sade Cornell och svepte det sista av vinet. "Men med Napoleon åter i förvar borde det lugna ner sig igen, och förhoppningsvis kan alla stackars rekryter få åka hem."

"Vänta... vad?" Matthews ögon höll på att hoppa ur av chock. "Har Napoleon tagits igen?"

"Ni har inte hört!" Cornell stirrade på honom. "Gode Gud, jag trodde... ja, mannen! Det stod ett väldigt slag, för mer än en månad sedan nu, på ett ställe de kallar Waterloo – någonstans i Belgien.

Fransmännen krossades mellan den stora alliansens arméer, och det senaste vi hört är att Napoleon blev tagen i Rochefort när han försökte fly till Förenta staterna. Flottan har honom i förvar och för honom till Plymouth; Gud vet vad de ska göra med honom nu, men säkert är att han aldrig kommer att tillåtas sätta sin fot på fransk mark igen."

Matthew kunde knappt tro det. Han satt där och stirrade på majoren. "Kanske behöver jag inte få ut Céline och hennes söner, då", sade han långsamt.

"Vore jag ni, Baxter, skulle jag ta dem till England på första bästa skepp som kan föra er," sade Cornell utan omsvep. "Frankrike är i tumult och kommer att vara det i månader åtminstone, och vem vet om inte någon kan samla ihop resterna av den där förbannade korsikanske mannens armé och börja ställa till bråk igen?"

Han hade rätt, och det visste Matthew. Nickande drack han ur det sista av vinet, skakade hand med Cornell och tackade honom för hjälpen.

"Tacka mig inte än. Ni måste fortfarande få kvinnan att gifta sig med er." Cornell log igen. "Låt oss gå och hitta fältprästen, så är åtminstone det hindret undanröjt. Kom nu. Merrick är en hyvens typ."

Det var det rätta att göra, eftersom det skulle säkerställa Célines och pojkarnas säkerhet.

Det kändes fel på något vis eftersom hon var hans avlidna hustrus kusin.

Det var rätt, eftersom han kände något mer än blodsband till henne, så det skulle inte vara en total lögn inför Gud.

Men det var också fel, för Michelle hade bara varit borta i fem år och det kändes så brådstörtat.

Det var rätt, därför att pojkarna var så intelligenta och kapabla och hade uthärdat så mycket att de borde få en chans till ett normalt liv i stället för att förvandlas till slamsor på ett slagfält.

Fram och tillbaka tvistade Matthews samvete medan han gick fram till Céline. Pojkarna behövde höra detta, hur obekvämt det än blev.

Knuten i magen sade honom att samtalet inte skulle bli lätt.

"Céline, Philippe, Pierre... jag har hittat ett sätt att få oss över, men ni kommer inte att gilla det", började han.

Tre smutsiga, bekymrade ansikten vändes upp mot honom.

Halsen snördes åt; han harklade sig, men det hjälpte inte.

"De släpper igenom mig för att jag är engelsman. De släpper inte igenom er, för att ni är fransmän."

Philippe rynkade pannan: "Du måste gå före och ordna en båt åt oss?"

Matthew skakade genast på huvudet. "Det tar för lång tid, och jag lämnar er inte. Därför har jag bestämt att vi alla fyra ska vara engelska."

Pierre sköt in: "Betyder det att vi inte får tala franska längre?"

Han var nästan där, om de bara kunde låta bli att avbryta en minut. "Pojkar, det är av avgörande vikt att ni talar engelska så mycket som möjligt. I era hjärtan kan ni vara hur franska ni vill, men just nu är vi alla lika engelska som en kopp te." Och tack och lov att han hade använt veckorna av vandring väl till att drilla dem alla i språket – och att låta som infödda!

Nu var det Célines tur att höja på ögonbrynet. "Har du på något vis lyckats skaffa oss papper som säger det?"

Svetten pärlade sig kring hans hals. "Inte än, men jag kan, om du är villig att samarbeta. Det här är enda vägen framåt, och den är den snabbaste. Vi kan vara i säkerhet i Spanien om en dag eller så."

Alla tre såg på honom med förväntan i blicken och väntade på hans lösning på deras knipa.

"Pojkar, jag måste be er om tillåtelse att gifta mig med er mor."

Båda svalde men sade inget, så han fortsatte, medan obekvämligheten band tungan i knutar och fick honom att snubbla på orden. "Céline, jag har hittat en fältpräst som är villig att viga oss. Jag är förtvivlat ledsen att kasta det här på dig, men du måste också låtsas att du inte är katolik."

"Blir du vår nye far?" frågade Pierre.

"Eh, ja, det blir jag väl. Jag har ingen erfarenhet av att fostra pojkar. Jag försöker inte på något sätt radera eller ersätta er verklige far, och jag beklagar att jag lägger fram det som ett fullbordat faktum när jag i sanning skulle välja en enklare väg om den fanns."

Philippe kliade sig i huvudet och snörvlade. "Om det tar oss till England har jag inget att invända."

Förståndig gosse!

Men han hade sagt det på franska, och det måste de sluta med. Han var tämligen säker på att den brittiske fältprästen var en tillmötesgående person, men deras länder låg i krig, eller hade gjort det ... han hade ännu inte berättat den senaste nyheten för dem. Hur som helst, om de talade ett annat språk skulle det inte hjälpa situationen.

"Från och med nu måste vi tala engelska hela tiden. Då går allt smidigare."

"Jag är glad för lektionerna," sade Philippe. "Jag tror att jag kan klara det."

Céline hade fortfarande inte sagt något, och Matthew kände sin egen desperation som en stickande lukt från armhålorna.

"Det är den enda vägen," lade han till.

"Jag måste ge upp mitt land och mitt språk," sade hon till slut, på engelska. "Och låtsas att jag inte är katolik."

"Det är ett djupt offer, jag vet, men det blir bara för en liten stund."

Hon drog en tung suck. "Då är det ju lika bra att jag inte är katolik, så behöver jag inte ge upp min tro."

Förvirringen tog överhand. "Är du inte?"

"Jag gav upp det för länge sedan. Min man var hugenott, och jag konverterade för hans skull. Barnen skulle också vara det om inte kriget hade slagit sönder våra regelbundna gudstjänster."

"Nå, tack gode Gud för det!" sade Matthew, i hopp om att lätta upp stämningen.

"Käre Matthew," sade Céline och sträckte sig efter hans hand. "Du oroar dig för fel saker. Du har just friat till mig. Det är en allvarlig sak. Är du säker?"

Spänningen i bröstet gjorde det svårt att andas.

Han hade faktiskt friat till henne.

Och hon hade inte gett honom något svar!

⁕

Matthew såg illamående ut, blek och svettig. Céline kunde se hur illa till mods han var, hur obekväm; han måste tänka på Michelle, kära Michelle som han så uppenbart hade älskat av hela sitt hjärta. Att erbjuda sig att gifta sig med Céline måste kännas som ett fruktansvärt svek mot hustruns minne.

"Är du säker?" frågade hon honom varsamt.

Det förvånade henne när han nickade omedelbart.

"Ja," sade han, och även om rösten sprack var uttrycket bestämt. "Jag är helt säker, och pastor Merrick är villig att viga oss först i morgon bitti. När det är gjort och vi har intyget i handen kommer major Cornell att ge mig ett papper som intygar att du är min hustru och pojkarna mina söner, och det kommer att räcka för att vi ska kunna korsa gränsen och få plats på nästa skepp mot England från San Sebastián."

Pojkarna såg båda på henne med förväntansfulla, till och med ivriga uttryck. Hon kunde inte önska sig en bättre man att vara deras far, och hennes make, men skulden gnagde.

"Maman?" sade Pierre osäkert, när tystnaden drog ut på tiden och blev obehaglig.

"Självklart gifter jag mig med dig," sade hon. Varför tvekade hon ens? För sönernas skull hade hon i sanning inget val. Men hon insåg också att hennes hjärta ville detta.

"Du hedrar mig, Matthew. Tack."

Pierres ansikte lyste upp av glädje, och han sprang fram, slungade armarna om Matthew och kramade honom. "Min nye pappa!" ropade han, och det fanns sådan lycka i hans röst att Céline genast lovade sig själv att glömma varje kvarvarande betänklighet. Även Philippe såg mycket belåten ut och gick fram för att skaka hand med Matthew.

Det fanns en pytteliten by på den franska sidan av gränsen, knappt mer än en byklunga, med ett litet värdshus. De hade ett enda rum att hyra ut, vilket Matthew tog för natten, och han insisterade på att Céline åtminstone skulle få en god natts sömn och kunna tvätta sig ordentligt innan hon gifte sig med honom.

Célines val inför sin andra bröllopsdag inskränkte sig till vilken av hennes två klänningar som såg minst eländig ut. Det var knappt någon skillnad på dem efter så många veckors vandring genom oländig terräng dag ut och dag in. Åtminstone var hon ren; värdshuspigan hade släpat upp flera hinkar hett vatten efter vad Céline anade var att Matthew gett henne rikligt med dricks. Pigan lånade henne till och med en kam och hjälpte henne reda ut det toviga håret när hon väl tvättat ur veckornas vägsmuts.

"Sov gott, madame," sade pigan och stängde till sist dörren, och Céline lade sig på den första säng hon sovit i på längre än hon ville minnas och stirrade i taket i skenet från det flämtande ljuset.

Gör jag rätt? undrade hon, men sade sig åter bestämt att hon inte hade något val. Även om Matthew hade fört vidare nyheten om Napoleons nederlag fanns det inga garantier för säkerheten i Frankrike inom överskådlig framtid, och Céline var, rent ut sagt, utmattad.

Hon hade levt i rädsla i alltför många år. Lovat om fred, om trygghet för henne och hennes söner, lockade för mycket.

Och så fanns Matthew själv, i all sin stadiga, starka och goda varelse. Hade hon någonsin mött en bättre man? Det trodde hon inte.

"Om jag ska bli hans hustru ska jag bli den bästa hustru jag förmår," sade hon till sig själv när ljuset började slockna. "Jag ska inte begära något och ge allt."

Det var det minsta hon kunde göra.

ett blygsamt bröllop

Vigseln var den enklaste Céline kunde minnas att hon någonsin hade närvarat vid: en fältpräst från brittiska armén förrättade den korta ceremonin, och två uniformerade officerare stod som vittnen. Matthew hade borstat rocken och tvättat sig, och trots det täta skägget tyckte Céline att han såg mycket stilig ut när hon klev in i värdshusets lilla främre rum. Hennes pojkar såg också rena ut – eller åtminstone relativt – och leendena i deras ansikten räckte mer än väl för att få henne att bortse från alla brister på pompa och ståt.

Allt var över utan krusiduller: prästen skakade Matthews hand och räckte honom intyget, och officeren, major Cornell, följde upp det med det livsviktiga passerbrevet. Céline blev gratulerad av alla tre armémännen, och sedan eskorterade de henne och Matthew till gränskontoret och stod hos dem medan den spanske gränstjänstemannen granskade pappren och utfärdade ett resepass för "The Baxters" att korsa in i Spanien.

Så enkelt var det. Major Cornell öppnade en grind och vinkade henne igenom ridderligt, och Céline klev av fransk mark för första gången i sitt liv.

Hon hade trott att hon skulle känna saknad inför detta omvälvande steg, men den överväldigande känslan var i stället lättnad. Där hon stod i solskenet, som för ett ögonblick sedan hade varit franskt men nu var spanskt, sträckte hon ut armarna och lade en om sina söner, som kom genom grinden med Matthew, ledande deras åsna och vagn med alla deras jordiska tillhörigheter.

"Trygga," sa hon, "vi är trygga, äntligen."

Hon lade märke till att ingen av dem slösade så mycket som en blick bakåt. I stället såg Philippe på major Cornell och frågade, på sin numera nästan perfekt accentuerade engelska, hur långt det var till San Sebastián.

"Omkring femton miles," sa majoren med en glimt i ögat, "men det kommer inte att ta er lång tid." Han höjde handen, och från sin plats bakom gränskontoret rullade en liten vagn fram, dragen av ett par välmående hästar. "Som det råkar sig behöver jag i dag åka ner till San Sebastián för att möta mina överordnade. Tänkte att ni lika gärna kunde åka med."

Gesten var så vänlig att tårar suddade Céline s syn. "Tack," fick hon fram, medan Matthew och Philippe lyfte kistan från åsnevagnen och hivade upp den ovanpå vagnen.

"Man kan inte låta nygifta gå en så lång väg på sin bröllopsdag," sa Cornell med ett brett leende mot henne och räckte ridderligt ut handen för att hjälpa henne upp i vagnen. "Ska ni grabbar sitta uppe hos kusken?"

Både Pierre och Philippe var ivriga att göra det, och efter några ögonblick hade Matthew slagit sig ner bredvid henne, Cornell mitt emot, och de rullade i god fart iväg längs vägen, långt bort från Frankrike.

***

Att ständigt ha varit på sin vakt de senaste månaderna gjorde att Céline inte kunde slappna av. De var i trygghet utanför Frankrike, men de måste fortfarande hitta ett skepp och segla till England. Mannen som satt vid hennes sida med ett leende på läpparna var nu hennes make. Av alla anpassningar och förändringar i hennes liv de senaste åren kunde detta vara den svåraste.

Mindre än två timmar senare var de i San Sebastián. Vagnen släppte av dem vid ett värdshus och Matthew ordnade rum åt dem, medan Cornell vänligt hörde sig för om nästa avsegling. Den mest direkta vägen skulle innebära att ta en försörjningsbark till Plymouth och därifrån ett annat fartyg till Portsmouth. De hade ett skepp att segla med, och några dagar att hämta sig från prövningarna innan det gick.

Det var inte över än, långt därifrån, men för första gången på månader kunde Céline sänka axlarna och bara vara.

Till och med den enkla maten på värdshuset kändes som fest efter så lång tid med bara det de kunde samla in eller byta till sig. Efter tre dagar av att äta så mycket de ville försvann snabbt pojkarnas insjunkna, halvsvultna uttryck som hade krossat Célines hjärta att se.

Pojkarna anpassade sig storartat till sin nya frihet och trygghet och utforskade staden medan de fyra tog en promenad genom marknaderna en sen eftermiddag. "Gå inte för långt," sa Matthew.

Céline sökte Matthews hand för att få bekräftelse. Han svarade med en mjuk klämning och gav henne just det. "De är kloka pojkar."

Utan ord såg de båda ner på sina sammanflätade händer och sedan på varandra. Skulle hon släppa taget? Hans hand kändes rätt i hennes, och längre än så tänkte hon inte.

Som svar gav han ett blygt leende, ett uttryck hon inte hade sett på honom förut. Det smittade, och hon log också. Så märkligt; hennes muskler knakade av den ovana ansträngningen.

"Tack, för allt," sa hon, väl medveten om att det inte kom i närheten av allt hon stod i skuld till honom för.

Han skakade milt på huvudet. "Jag är ledsen att vi var tvungna att gifta oss, det var snabbaste vägen igenom."

Hennes hjärta sjönk lite vid tanken. Han var ledsen? "Det behöver du inte vara."

"Det var en pålaga," fortsatte han. "Jag gav dig inte tid att tänka igenom det."

"Vi är trygga, eller hur?" Céline såg framåt och urskilde konturerna av sina pojkar en bit framför. De hade hittat en gatukatt och lekte med den. Värme fyllde henne vid synen av en sådan enkel glädje.

"Ja, vi är trygga," medgav Matthew, men hans röst lät dyster. "Om det fanns något annat sätt borde jag ha kommit på det. Självfallet kommer jag aldrig att ställa några äkta manliga krav på d..."

Skrattet bröt fram och Céline slog handen över munnen, vilket hade den önskade effekten att få honom att tystna. När hon hade sansat sig utmanade hon honom: "Vad händer om jag i stället skulle vilja ställa hustruliga krav på dig, make?"

Han stod där med munnen på vid gavel.

"Säg fler vackra ord, så skrattar jag igen. Du är en god man, Matthew, men du är ingen munk."

"Va?"

"För en man som lärt mina pojkar ett helt nytt språk är du minsann ordlös nu?"

Han blinkade några gånger och bekräftade henne därmed precis.

"Vad ska vi göra, hmm?" Hon räckte efter hans händer. Båda var märkta av skavanker, även om hennes började bli bättre. Hon hade köpt en kaktus som handlaren kallade sabila. Gelén från insidan av bladen gav redan lite liv tillbaka.

Hennes make såg på henne och blev faktiskt röd om kinderna.

"Du är en gentleman," sa hon, "så omtänksam om mina känslor och min situation, men också ... lite trög."

"Hallå!" protesterade han.

Hon skrattade. "Du sa en gång att du hade ett huvud för böcker och titlar, men att inget annat verkade stanna kvar på hyllorna där inne."

Hans läppar sjönk vid minnet, men sedan tog han sig. "Jag ville bara inte pressa dig. Du är en modig, självständig, klok kvinna som uppfostrar två enastående pojkar, och jag har ställt mig i vägen för dig."

Céline suckade djupare än hon tyckte att hon borde, men tiden för att vara blyg och försiktig var förbi. "Vi har tillbringat de senaste månaderna med att ... existera. Ja, bara existera. Jag tror att vi nu kan börja leva igen."

"Jag sa ju att du var klok."

"Tack för komplimangen. Men det visar sig att jag inte är så klok när det gäller mitt hjärta. Jag håller dig så högt, Matthew. Jag är inte förvånad att du inte hade förstått det, jag ville inte medge det ens för mig själv."

"Gör du?" Hans strålande leende röjde en skymt av hans egna känslor.

De höll fortfarande varandra i händerna, vilket gav henne mod att fortsätta.

Med ett lättare hjärta sa hon: "Så många gånger var jag rädd för din skull. Den där dagen på vägen mot La Rochelle, när den där ... nå, den där mannen sköt dig. Jag trodde att du var död, och rädslan för att aldrig få se dig igen krossade mitt hjärta. Jag sa till mig själv att jag inbillade mig att jag var förälskad i dig, men fortsatte att ljuga för mig själv att det bara var uppskattning för din tapperhet och heder."

"Jag är inte modig," avbröt han.

"Jag tycker att du är det," svarade hon kvickt.

Han skakade strängt på huvudet. "Om jag vore en modig man hade jag bekänt mina känslor mycket tidigare. Jag slogs med mig själv för att försöka vara en hederlig gentleman, slogs med de här känslorna som var för stora för mig. Jag kände skuld över Michelle och över din make, men..."

"Michelle skulle ha varit den första att säga att du lever och fortfarande är en man," avbröt hon honom bestämt. "Och vad gäller Alain, ja, jag har undrat om jag är illojal mot hans minne, men jag tänker inte förneka vad jag känner för dig, Matthew. Livet är för kort, som vi båda är smärtsamt medvetna om, för att låtsas att vi inte bryr oss djupt om varandra."

De stod där och såg på varandra i förundran och glädje.

Céline tog bort den ena handen från hans och förde den till hans ansikte, smekte hans kind med tummen. "Jag är så glad att jag skrev till dig om böckerna som behövde räddas. I efterhand var det ju jag som behövde räddas."

Hans lyckliga uttryck var allt svar hon behövde, när hon lutade sig närmare och planterade en kyss på hans läppar. Några av hans ostyriga skäggstrån kittlade hennes hud, och hon rynkade på näsan och lutade sig tillbaka. "Hur bra sjörövarlooken än klär dig, föredrar jag en renrakad man."

Han gnuggade ansiktet till erkänsla. Sedan tog han ett steg tillbaka och bugade för henne. "Min dam, jag är strax tillbaka."

Förbryllad frågade hon: "Vart ska du?"

"Till en barberare!" sa han med en blinkning och gav sig av, lämnande henne skrattande på gatan.

"Vad är det som är roligt, Maman?" frågade Pierre och kom tillbaka till henne.

"Jag är bara lycklig." Hon lade en arm om hans axlar och insåg att han nu var längre än hon, för hon fick sträcka sig upp. "Och kom ihåg att kalla mig Mama och inte Maman, min älskling. Du måste vara en ung engelsman nu."

"Tycker du att jag ska vara Peter i stället för Pierre?" frågade han allvarligt. "Och att Philippe ska vara Philip?"

Hon tvekade, osäker. "Jag tycker att det är upp till dig att välja," sa hon till slut. "Som en kvinna som har fått byta namn flera gånger i sitt liv, tro mig när jag säger att vad folk kallar dig inte förändrar vem du är. Du behöver inte bestämma dig ännu; kanske, när du går i en engelsk skola, kommer du att tycka att det är lättare att vara Peter Baxter."

Pierre nickade, nöjd med det. Tillräckligt ung för att vara formbar, tänkte Céline, skulle han nog hitta sin väg i England utan svårighet; Philippe kunde få det lite besvärligare, men även han skulle klara sig, och förhoppningsvis aldrig mer behöva frukta att uppbådsmännen kom och tog honom igen.

Hon tänkte på juvelerna insydda i sina kjolar och log. När hon hade sålt dem i London skulle de vara rika. Rika nog att köpa informatorer åt sina söner, ge dem den utbildning de gått miste om och rusta dem för framtiden som unga gentlemän.

KAPITEL 10

Hemfärd

" Har du någonsin varit ombord på ett skepp förut?" frågade Matthew när Céline med tvekan betraktade den smala planka hon tydligen förväntades ta sig över.

" När skulle jag någonsin ha varit på ett skepp? En färja över Loire var höjden av mina resor, fram till nyligen."

Båda hennes söner hade nästan skuttat uppför landgången och försvunnit ombord; han hörde Pierre utbrista upphetsat över något eller annat. Hon tog emot hans utsträckta hand, gick försiktigt upp och hävde sig klumpigt över relingen.

" Vi behöver lätta lite på kjolarna," sa Matthew med ett skratt.

" När vi är riktigt säkra, i din bokhandel i Hatfield."

" Som du vill," samtyckte han vänligt, förstod att hon ville behålla sina smycken på sig tills dess, och lade armen om hennes axlar för att varsamt flytta henne undan några sjömän som for omkring och drog i tampar. "Kom, de ska just kasta loss. Låt oss hitta någonstans där vi inte är i vägen, så kan vi stå och titta."

När seglen långsamt fylldes och skeppet började glida från kajen, kände Matthew hur en stor tyngd föll från hans axlar.

De var inte hemma än. Inte säkra heller, än. Men ombord på ett fartyg i Royal Navy, med England som nästa destination, var slutet på resan så nära att han nästan kunde känna smaken av det.

Pojkarna frågade kadetterna om de kunde kasta ut en lina över relingen för att fånga middag.

Céline såg österut, mot kustlinjen som försvann bakom dem. Mot Frankrike, antog han.

" Ångrar du dig?" frågade han lågt.

" Inte det minsta." Ett leende krusade hennes läppar, och hon lutade sig närmare honom, vände ansiktet upp mot hans blick. "Jag tar väl bara farväl av mitt gamla liv, antar jag, men allt jag värdesätter finns ombord på det här skeppet."

Han kysste hennes panna. "Du kommer att älska ditt nya hem," lovade han. "Fast jag har tänkt att jag kanske behöver köpa ett hus. Även om lägenheten ovanför bokhandeln är rymlig, kan vi med tre personer till komma att sitta lite mer på varandra än vad som är bekvämt. Om inte, det vill säga, mina flickor allihop har hunnit gifta sig och flytta hemifrån tills vi kommer hem!"

Matthew skrattade åt tankens orimlighet. Fastän alla hans fyra döttrar var gamla nog att gifta sig, hade ingen av dem ännu visat några tecken på att ta emot uppvaktare. Han antog att det skulle komma tids nog; kanske får Céline lust att agera äktenskapsmäklare åt dem.

Deras resor och vedermödor skulle snart vara över. En djup, belåten suck undslapp honom när han såg mot horisonten, i visshet om att hans fötter snart skulle stå på engelsk mark.

" Jag ser fram emot att koppla av med de där böckerna, när vi väl är i Hatfield. Jag ska unna mig en öronlappsfåtölj och sitta vid elden och läsa så mycket jag vill."

" Jag skulle vilja sitta bredvid dig, med fötterna uppe."

" Åh!" Matthew svalde. "Du är väl inte allergisk mot katter?"

Célines panna rynkades. "Det tror jag inte."

" Tack och lov för det. Annars kunde det ha blivit problem."

Båda skrattade av lättnad, och sedan tillade Matthew: "När vi kommer tillbaka till Hatfield är alla våra bekymmer över."

Catherine och Ebony hoppas att du har haft en underbar stund med att läsa om Matthews äventyr i Frankrike. Vänd blad för kapitel 1 i den första boken i Bokhandelsdamerna, *Estelles Eldiga Beundrare.*

Estelles Eldiga Beundrare

KAPITEL ETT - DEN FÖRSTA TRÄLÅDAN

Baxter's Fine Books, Hatfield, England,
Sena juni, 1814

Estelle Baxter, äldst och utan tvekan den mest ansvarsfulla av de fyra Baxter-systrarna på Baxter's Fine Books i Hatfield, Hertfordshire, spikade fast en grov bit säckväv vid foten av trappräcket. Sedan krossade hon färska stjälkar av kattmynta mellan händerna och gnuggade dem mot ytan, så att det grova tyget blev insmort i en brungrön ton.

En svart skugga föll ner från en bokhylla med ett mjukt duns. Crafty, familjens katt, tog sig ner från hög höjd och gnuggade genast kinden mot sin nyrenoverade leksak, nöjt spinnande. Den vita, hjärtformade tofsen av päls på den svarta kattens bröst syntes tydligt när Crafty rullade över på ryggen. Katten grep sedan tag i säckväven med framtassarna och sparkade mot den med baktassarna, som om hon var besatt av förfäder som tog ner storvilt.

"Duktig flicka, Crafty, vi klöser på stolpen, inte på böckerna."

Hon belönade den mestadels domesticerade katten med en lätt

puff på huvudet, tvättade sedan händerna och tog itu med sin morgonrutin innan resten av systrarna anslöt efter att ha ätit frukost.

Estelle njöt av morgonlugnet, när hon kunde få saker gjorda innan kunderna kom.

Ljuden av hästar och människor som passerade på High Street utanför sipprade in genom bokhandelns väggar. Det livliga hotellet och diligensvärdshuset bredvid såg till att det var en stadig ström av buller, dag som natt. När diligensen kom från London var Baxter's Books ett välkommet tidsfördriv för resande medan hästarna byttes. Det gav dem en chans att sträcka på sina stela ben efter timmar i en vagn.

Bokhandelns interiör var naturligt mörk, eftersom de för länge sedan hade blockerat bottenvåningens fönster med bokhyllor. De enorma bokskåpen löste två bokspecifika problem; de skapade extra förvaring och skyddade även de värdefulla och sällsynta böckerna från solljus.

Det gjorde dock sikten rätt dämpad. Det här var ytterligare en av Estelles tidiga morgonsysslor, att tända lamporna bakom sina skyddande glas, så att kunderna kunde hitta runt i butiken. Och så kunde Estelle. Den sikten hade hon gärna haft mer av när hon rörde sig bakom disken och trampade på något blött och knastrigt, som gled åt sidan under hennes tyngd.

"Crafty!" ropade hon och försökte se vad hon hade klivit i. Linkande på ett ben nådde hon butiksdörren, drog ifrån regeln och öppnade. Butiksklockan pinglade välkomnande. Solljuset avslöjade den motbjudande sanningen: de uppslitna resterna av en fjärdedels mus på undersidan av hennes toffel.

"Åh Crafty, måste du?" sa Estelle uppgivet.

Hon kikade upp och ner längs gatan. Folk myllrade omkring framför Red Lion och väntade på nästa vagn. Mellan Baxter's Fine Books och Red Lion låg valvgången genom till stallarna på baksidan.

Lämpligt nog fanns en skoskärare vid trappan till närmaste dörr. Estelle linkade dit och skrapade av musresterna från skons sula och gjorde en äcklad min medan hon höll på.

Just när hon hade gjort rent skon anlände diligensen från London, lastad med alla möjliga koffertar och resväskor fastspända på taket, och flera människor instuvade inuti.

Hon skyndade tillbaka till bokhandeln och fäste den lilla gardinen i dörrfönstret åt sidan. Den släppte in en ljusstrimma som lyste upp golvet men inte föll på några böcker.

Ljuset avslöjade ett spår av musrester som ledde till baksidan av disken. Estelle suckade och sträckte sig efter en städlapp och askskyffeln under disken, båda placerade i beredskap för att hantera denna återkommande syssla.

När hon städat upp röran gjorde Estelle en mental anteckning om att hädanefter titta bakom disken på morgonen som första uppgift. Crafty var en utmärkt råttfångare, men på sistone hade hon utvecklat de mest skamliga personliga vanor.

Hur mycket Crafty – fullständigt namn Wollstonecraft – än ställde till det, behövde bokhandeln en bra musjägare. Innan katten kom hade de försökt hålla mössen borta med rikliga kvistar lavendel och rosmarin. Det fick butiken att dofta ljuvligt, men de desperata, hungriga mössen skadade ändå flera böcker i veckan. Crafty hade tagit sig an sin utsedda roll med iver, och bokskador var nu ett minne blott.

Klockan ovanför dörren pinglade. En lång man i en käck reskappa steg in och tog av sig sin höga hatt när han kom in. Ljuset föll över hans gyllene lockar, som om ett himmelskt kerubbesök kungjordes.

Vid den aktningsvärda åldern av tjugofem år hade Estelle kanske sedan länge avskrivit tanken på äktenskap, men det betydde inte att hon inte kunde uppskatta ett ståtligt exemplar när han klev in i familjens butik. Hon lät blicken löpa över gentlemannen, från hans välskurna rock till de blanka hessiska stövlarna. *Rik*, tänkte hon. Han kunde väl knappast ha kommit med diligensen? En man som klädde sig så hade sin egen vagn, eller en fin häst att rida.

"God morgon," hälsade hon kunden.

Han ryckte till av skräck, fann sedan fattningen och vände sig mot hennes röst, med handen pressad mot bröstet. "Herregud, där är ni! Jag ser inte ett jota här inne, det är så mörkt."

"Det är för att skydda böckerna," sa hon. Hon måste verkligen få fler lampor tända. Hennes ögon hade vant sig, men någon som kom in från gatan behövde uppenbarligen längre tid.

"Jag förstår! Nå, det har just kommit en låda med böcker bredvid, de bad mig göra nytta och säga till."

Estelle klev ut bakom disken. "Tack. Jag kommer strax tillbaka. Ni är välkommen att titta runt i butiken så länge."

"Jag hjälper gärna till," sa han och bjöd på ett alltför charmigt leende.

Underligt, någon så välklädd som han såg inte ut som typen som ägnade sig åt kroppsarbete som att bära saker fram och tillbaka. *Han vet hur stilig han är*, tänkte Estelle cyniskt när gentlemannen lade hatten på disken. Han hade börjat ta av sig handskarna också, vilket avslöjade händer som gjort föga fysiskt arbete.

Han kunde låta hjälpsam, men Estelle misstänkte att han mest skulle vara i vägen. "Ni kan se till att Crafty inte springer ut på gatan och skrämmer hästarna," sa hon.

Han såg förbryllad ut. "Crafty är...?"

"Katten. En utmärkt musjägare, vilket är nödvändigt för att skydda böckerna. Ack, hon tror att hästar är enorma möss och försöker fånga dem."

"Min själ!" skrattade han, de blå ögonen veckade sig i ytterkanterna på ett sätt som talade om att han skrattade lätt och ofta. Hon log tillbaka, lite charmad trots sina cyniska tankar om honom. Han verkade faktiskt vara en jovial typ, och om han var så rik som kläderna antydde, kunde han tänkas köpa flera böcker.

"Det var roligt de första gångerna, men jag tycker synd om hästarna. Strax tillbaka." Hon styrde stegen ut på värdshusgården där ett par kraftkarlar höll på att lyfta ner en trälåda från bagageräcket.

"God morgon, Miss Baxter," sa Mr Thomas. Han var den som tog i för ägaren av Red Lion och van vid att bära tunga koffertar och väskor upp och ner för trappor.

"God morgon, Mr Thomas. Den där ser synnerligen tung ut," konstaterade hon.

Han svarade med ett grymtande: "Det är för att den är full av böcker."

"Vi kunde ta ut några för att lätta på—"

Lådan välte ner från vagnen och slog i marken, sprack och splittrades i bitar.

"—lasten." avslutade Estelle med en plågad grimas.

Vilken röra! Med en djup suck klev hon fram för att lyfta från toppen av bokhögen, noga med att inte riva huden mot flisorna. Hon hyste en svag förhoppning om att inga böcker skulle vara alltför illa åtgångna. De var ju trots allt kända som *Baxter's Fine Books*, inte *Baxter's Skadade och Nötta Böcker*.

Oljudet fick folk att trängas runt för att se vad som stod på.

Mr Thomas ropade ner: "Ursäkta det där, Miss Baxter."

Han klättrade ner och erbjöd sig att hjälpa henne plocka upp röran. Mannen använde råstyrka, och några av dessa böcker såg gamla ut. Och ömtåliga.

"Jag staplar dem i era armar om ni vill, så kan jag sortera allt eftersom," sa Estelle, som tyckte det vore bäst om Mr Thomas inte plockade upp dem med sina inte alltför rena händer. Han höll fogligt fram underarmarna och hon lastade försiktigt upp några böcker på dem.

Den gyllene gentlemannen kom ut ur bokhandeln, uppenbarligen lockad av ljudet från den kraschande lådan, och sa: "Säg mig, blev någon skadad?"

"Allt väl," ropade Estelle tillbaka.

"Kan jag hjälpa till?" frågade han igen.

Han kanske inte såg så stark ut, men nog skulle han kunna lyfta några böcker och bära in dem. "Tack," sa Estelle och antog hans erbjudande, medan hon nickade åt Mr Thomas att bära in sin armfång.

Hon räckte två tjocka böcker till den välklädde mannen. I dagsljuset kunde hon se hans solkyssade hy och bländande blå ögon. Ack, han kunde få en kvinna att dåna! Han hade den där lyster som kommer av att vara på varmare breddgrader. Han gav ifrån sig ett nästan ohörbart stön när han tog tag i böckerna. Sedan öppnade han pärmen på den ena och hans ögon rundades av förvåning. "Så underbart! Jag har letat efter den här i evigheter!"

Med fem böcker lastade i famnen sneglade Estelle över mot den han stod och beundrade.

Attans. I samma ögonblick hon såg titelsidan vällde en tung suck fram. "Jag är hemskt ledsen, den där är en specialbeställning som vi har väntat på i månader, den är redan tingad." Hur kunde det vara så att de hade svårt att sälja ett stort urval böcker, men när ett visst verk kom in ville två personer ha det?

"Men jag måste ha den," sa han.

"Vi kan tala om det när vi har burit in resten av böckerna," sa hon undanskyddande, utan minsta avsikt att sälja just den boken till honom. Det var ytterligare en sak hon började anta om denne man – om han hade pengar var han säkert van att få sin vilja igenom.

Nå, den här boken var redan lovad, och det var ett faktum.

Estelle kastade en blick på solen på himlen och ville få in böckerna. Åtminstone verkade det inte finnas någon risk för regn. Det dröjde inte länge förrän resten av böckerna var i säkerhet, staplade i högar på disken.

Hennes systrar kom nerför trappan och satte genast igång. Marie slog upp liggaren för att anteckna varje titel och pris. Louise granskade noga bindningen på var och en för att se vilka som behövde lagas, medan Bernadette stoppade buketter av krysantemum och hackat citronskal i bomullskuvert för att hålla oönskade gäster som silverfiskar och mal borta. Estelle gladde sig åt hur de fyra arbetade tillsammans i harmoni. De hade sagt till sin far att allt skulle vara under kontroll medan han var borta, och de hade hållit ord.

Under tiden hade deras välklädde kund försett sig med en stol och satt vid dörren i ljuset från fönstret. Han var försjunken i boken han ville ha, men inte kunde få.

"Om ni lovar att vara extra försiktig, får ni läsa den här i butiken?" erbjöd Estelle som kompromiss. Han hanterade den varsamt, vilket var glädjande att se.

Mannen skakade på huvudet. "Ack, den är inte till mig, utan en gåva till en annan."

Hon tyckte synd om honom, men situationen var bortom hennes kontroll. "Återigen, jag är förfärligt ledsen, men den boken är redan lovad och betald a..."

"Jag ger er dubbelt. Nej. Tredubbelt!"

Estelle bad en stilla bön om att inte falla för frestelsen, och förklarade sedan tålmodigt situationen för mannen igen. "Jag kan helt enkelt inte. Han är en av våra äldsta och mest värderade kunder."

"Säg mig hans namn, så ska jag få honom att inse sitt bästa."

Det lät rentav hotfullt! Och synnerligen dåligt för affärerna om de lämnade ut personuppgifter till främlingar. "Nej, sir, det kan jag inte. Jag måste insistera på att ni lämnar tillbaka boken."

Som hon misstänkt var han uppenbart van vid att få sin vilja igenom, för hans käke sköt trotsigt fram. I hopp om att han skulle vara förnuftig sträckte Estelle ut handen för att få boken tillbaka.

Med ett stön sa han: "Nåväl," och räckte över den.

Han släppte den dock inte genast.

Estelle såg på mannen, med hans fina kläder och halmfärgade lockar och läderhandskar så nya att de var släta som silke. Han var inte van att folk sa nej till honom. Inte alls.

"Tack," sa hon när han äntligen lät volymen lämna hans händer. "Finns det något annat jag kan fresta er med? Som ni ser har vi ett stort urval..."

"Nej. Tack." Med en artig nick tog gentlemannen upp sin hatt och gick, och lämnade Estelle att se efter hans rygg.

Där försvann en rik potentiell kund. Så synd att jag inte kunde sälja honom den här boken!

Senare samma dag slog Estelle in den dyrbara boken som den stilige och rike främlingen velat ha i en oljeduk, och stoppade den sedan i sin reseremväska. Louise, Bernadette och Marie fortsatte med sina sysslor medan hon tog farväl. Crafty väntade vid butiksdörren för att komma ut, men med snabba fötter såg Estelle till att hon själv kom ut medan katten blev kvar inne.

Ett par kråkor hade intagit platsen vid skoskärare och behandlade den som en buffé. Estelle gick genom valvgången till hyrstallen, där hon tog en häst för dagen.

Friden kallade när hon och den lånade hästen snart lämnade Hatfields oväsen, trängsel och lukter bakom sig.

Allt kändes lättare här ute bland fälten, som om hon lämnade bekymren kvar i stan. Solen sken svagt bakom molnen. Svalor svepte över gräset medan får betade i närheten. Vinden kunde vara sval, men friskheten i den gjorde henne upprymd.

Ett sting högg bakom revbenen när hon jämförde det ljusa utomhuset med bokhandelns skuggor. *Jag älskar bokhandeln*, sa hon till sig själv, som om hon behövde lite extra övertygelse. Böcker var hennes levebröd och inte bara hennes framtid, utan familjens.

Men åh, så ljuvligt det var att vara ute i friska luften, rida damsadel med vinden i håret. Även om det var på en lånad häst vid namn Somerset Valley Four. Hästen verkade åtminstone lugn och hade inget emot att bära en dam i damsadel. Hans balans var god, och hon behövde inte lägga alltför mycket fokus på sin ridning.

Att resa och leverera böcker var den mest angenäma delen av hennes liv. I vissa fall var det synd att skiljas från dem, men priserna samlare betalade var alldeles för goda för att låta bli.

Med tid att tänka och bara vara gled tankarna till hennes far, som nyligen rest till kontinenten för att jaga sällsynta böcker. Hon saknade honom, som de alla gjorde, men visste att han hade ett otroligt äventyr. Nu när Napoleon tryggt var förvisad till Elba, måste en engelsman som hennes far ha en underbar tid i Frankrike. Han talade flytande franska, liksom de alla gjorde tack vare deras bortgångna mor, så han skulle göra sig väl förstådd. Nu när striderna var över skulle han ta sig fram utan hinder. Tanken på att tillbringa dagarna med att resa kring landsbygden och köpa böcker fyllde Estelle med vemodig längtan. Om hon ändå hade fått följa med sin far, som hon gjort på så många av hans lokala inköpsresor! Matthew ville dock inte höra talas om att hon följde med till Frankrike och sa att det skulle vara alldeles för farligt. Farligt? Napoleon satt inspärrad, allt var säkert igen.

Den verkliga anledningen till att han inte ville ta med henne var att hon behövdes för att ta hand om systrarna och bokhandeln i hans frånvaro, men han hade spelat på hotet om fara för allt vad det var värt.

En regndroppe stänkte på hennes ögonlock. När hon såg upp hade molnen blivit hotfullt mörkare. Skulle regnet hålla sig borta?

En droppe till träffade hennes kind.

Sommarens eftermiddagsdofter omgav henne inte längre när vinden blev kallare. Eftersom hon var så mycket inomhus hade Estelle inte utvecklat förmågan att läsa vädret. Hennes far och Louise hade den gåvan, men hon och deras avlidna mor hade aldrig riktigt förvärvat den färdigheten.

Vilket hade varit bra att ha för ungefär tio minuter sedan, när hon och Somerset Valley Four hade kunnat söka skydd i en lada vid vägen.

Ingen vits att vända tillbaka, hon skulle fortsätta och nå sin kund. Boken låg i oljeduk, så även om himlen öppnade sig skulle skatten vara trygg.

Några ögonblick senare öppnade sig faktiskt himlen.

Luften luktade snart av jord och fukt.

Hon manade Somerset Valley Four till galopp, eller åtminstone trav, och hästen satte igång villigt nog. På bara några ögonblick snubblade besten illa. Med ett ryck tippade Estelle i sadeln och grep tag i manen för att hålla balansen. Ännu en utmärkt anledning att hon borde ha ridit grensle; som hon önskade att hon vågade! Men även om hon aldrig räknade med att gifta sig, måste hon upprätthålla viss respektabilitet i Hatfield för affärens skull.

Hästen stannade.

Regnet däremot gjorde det inte.

"Vad är det, vännen?" Estelle försökte driva hästen framåt, men efter två steg stod det klart att han var halt. Med en irriterad fnysning svingade hon benet över sadelknappen och gled ner på marken. Hon kontrollerade stackaren och lyfte hans vänstra fram från marken. Hade han tappat en sko?

Regnet piskade dem nu ordentligt och gjorde leriga pölar på vägen. De båda var genomblöta.

"Låt mig se på din hov, gubben," bad hon, och petade mjukt vid kotan.

Djuret fogade sig, och hon fann att skon satt kvar men att en valnötsstor sten hade kilat sig fast mellan skons kant och den känsliga strålen. Slät, och nu hal och blöt, stånkade stenen mot hennes försök att få tag med fingertopparna och dra ut den. Estelle rynkade på näsan och önskade att hon haft en hovkrats eller åtminstone en fick-kniv. En hårnål skulle bara böjas. Hon letade omkring och hittade några korta pinnar; de två första gick av, men den tredje var stadig nog att kila in under stenen och vippa ut den. Hästen drog ett mjukt lättnadssnort genom näsborrarna.

"Duktig pojke." Lättnaden spred sig även i Estelle när hon satte ner hoven och rätade på sig. "Kan du gå?"

Somerset Valley Four gick framåt när hon manade på. När hon kastade en blick på stigbygeln vid axeln insåg hon att det skulle bli svårt att ta sig upp i damsadeln igen. Estelle spanade förhoppnings-fullt efter något att stiga upp från. Det fanns inget. Kanske var det ändå bäst att låta bli att belasta hans rygg, för hoven kunde vara rejält öm efter stenen. Även om han inte verkade halt nu kunde det vara en annan sak med henne på ryggen. Dessutom, nu när hon var genom-blöt skulle hon vara betydligt tyngre än när de gav sig av.

Hon tog tyglarna i handen och gick bredvid honom. Hon kunde ju ändå inte bli blötare.

Efter en timmes alltmer genomdränkt vandring skymtade Lord Ferndales gods. Ferndale Hall var en förtjusande klassicistisk sten-byggnad omgiven av skogspark och fält fulla av välskötta får. Av röken som steg ur många skorstenar förstod Estelle att hon snart skulle vara varm och torr. Förutom att vara en pålitlig kund som betalade i tid var Lord Ferndale en gammal vän till hennes far och hyste en svaghet för Estelle och hennes systrar. Hans betjäning skulle troligen förse henne med torra kläder och en stadig vagn och häst för hemfärden.

När hon närmade sig kom en stalldräng fram och erbjöd sig att ta hästen till stallet.

"Tack, och var snäll och se till hans vänstra framhov. Jag plockade ut en sten men den kan vara öm."

"Ja, Miss," sa han och klappade hästen över mulen.

Den åldrade betjänten, Mr. Thorne, gav inga tecken på att något var galet när han öppnade dörren och tog in Estelles bedrövliga uppenbarelse. Han bad henne dock vänta ett ögonblick i hallen, där hon droppade på parkettgolvet.

Han återvände med torra lakan. Miss Yates, Lord Ferndales äldre syster som fungerade som värdinna på Ferndale Hall, anlände snart.

"Thorne sa att du skulle behöva kläder att byta till."

Miss Yates var så rar som erbjöd sig. "Tack, jag ska lämna tillbaka dem nytvättade."

Miss Yates log. "Tjafs, det behövs inte. Kom med så ordnar jag dig."

Estelle kände sig alltid bland vänner hos familjen Ferndale. Det hjälpte också att Lord Ferndale var en av deras bästa kunder.

Miss Yates hade aldrig gift sig, men gjort sig ovärderlig i Hatfields sällskapsliv, satt i många damkommittéer och gjort en mängd gott för socknens fattiga. Trots att hon var mycket förmögen och dotter och syster till en baron satte Miss Yates sig aldrig på några höga hästar och ansåg sig inte för god för att umgås med någon. Hon var, enligt Estelles mening, en sann lady, långt mer än många som faktiskt hade titlar.

Estelle torkade sig och tog på sig en av kjolarna som Miss Yates' tjänsteflicka kom in med. Det var en äldre modell med långa linnenband som löpte genom öljetter, så att den kunde dras åt eller släppas efter beroende på om en dam växte i omfång eller ej. Jackan som hörde till var av liknande snitt, med en midja långt lägre än vad som var modernt nu. De var sydda i vackert tyg och ännu viktigare, torra och bekväma.

De kunde ha blivit till för årtionden sedan, möjligen kring den tid då man kunde ha väntat sig att Miss Yates skulle gifta sig. De doftade av ceder och lång förvaring.

Sedan slog det henne. "Miss Yates, de här är från er hemgift! Jag kan inte bära så fina kläder."

"Jag har dem hellre burna än som malmiddag!" sa Miss Yates.

Nå, när hon uttryckte det så. Estelle log och strök handen över kjolens tyg.

"Behöver du eller dina systrar klänningar till assemblén?" frågade Miss Yates.

Frågan fick Estelle att stanna upp ett ögonblick. Hon hade för ett ögonblick glömt Midsommarassemblén, som skulle äga rum om några nätter. Alla av vikt i Hatfield skulle närvara, medan många fler skulle gå på liknande allmänna danser för alla gårdsarbetare.

Hittills hade Estelle antagit att en av hennes äldre klänningar fick duga. De skulle inte köpa något nytt tyg förrän deras far var hemma och hade betalat tillbaka det enorma lån han tagit för att finansiera resan till Frankrike.

"Jag är inte den som vill sticka ut," sa hon blygsamt.

"Jag skickar över några i alla fall. Miss Marie vill kanske ha något nytt. Eller gammalt, egentligen. De är ganska gamla, men ni får gärna sy om dem om det behövs. Jag har varit upptagen med att röja på vindarna på sistone; så mycket har stuvats upp där i åratal och jag vill inte att det ska gå till spillo!" Miss Yates höjde händerna när Estelle började protestera. "Nej, jag vill inte höra några invändningar. Vem annars skulle jag ge dem till? Du vet att Arthur och jag knappt har någon familj kvar, bara Arthurs sonson, som inte har någon hustru och tydligen inte har för avsikt att skaffa någon. Jag skulle gärna se att du och dina systrar fick dem."

Det var inte lönt att sätta sig upp mot den envisa äldre damen, som hade en rent militärisk glimt i ögat. Estelle gav sig, tacksamt och med grace. Det skulle vara så härligt med en ny klänning, även om hon måste sy om modellen helt.

Några extra hårnålar för att sätta upp lockarna prydligt, och Estelle och Miss Yates var redo att gå till salongen.

Lord Ferndale väntade på dem vid en dånande brasa.

"Miss Baxter, min kära," han höll ut armarna för en omfamning.

De var verkligen mer som familj än kunder, tänkte Estelle, när hon slog armarna om sin käre vän och kysste hans rynkiga kind.

"Jag kommer med goda nyheter, jag har boken ni ville ha!" Hon strålade när hon öppnade väskan och räckte över paketet.

Lord Ferndale vek av oljeduken och flämtade när han blottade den dyrbara volymen inuti. Snabbt tog han några steg mot fönstret för att se bättre, och lade det tomma omslaget på ett litet sidobord. Förfärad över att den fuktiga oljeduken placerades så nonchalant på den dyrbara rosensträfanéren grep Estelle snabbt tag i den och vek ihop den.

"Åh ja," sa Lord Ferndale, öppnade pärmen och läste titelsidan. "*The Collected Works of Philo Judæus*, och mest härligt bunden! Åh min godhet," flämtade han när han bläddrade de första sidorna och beundrade de vackert färglagda, handgjorda illustrationerna. "Jag kan inte tro att jag håller den här i mina egna händer."

"Jag är förtjust över att den är i era händer," sa Estelle och log lyckligt när hon såg glädjen i den gamle gentlemannens ansikte.

Det var något så magiskt med att matcha en kund med hans själs bok. Och en så gammal själ som Lord Ferndale behövde åtskilliga.

"Du är en fena," sa han, medan han försiktigt vände sidorna och skannade texten. "Hur i all världen fick du tag i den?"

"Det har ni min far att tacka för. En låda kom från Frankrike i morse, och den fanns i den. Jag kom så snart jag kunde, för jag visste att ni har velat ha den länge."

"Detta måste firas, du måste stanna på te."

Lord Ferndale var oerhört rar som bjöd, och Estelle var faktiskt rätt frestad, särskilt som hon visste hur duktig hans kokerska var. "Jag borde egentligen ge mig av tillbaka," sa hon, tänkande att hon kanske *kunde* låta sig övertalas till en kopp te, och möjligen en eller två kakor. "Ni och Miss Yates har redan gjort nog; jag har torra kläder och regnet ska lätta."

Som för att göra narr av hennes ord mörknade himlen och mer regn började falla.

En man gick förbi salongens öppna dörrar. Han var nästan ur sikte när han stannade och backade några steg.

Han stirrade in i rummet.

Rakt på Estelle.

"Ni?" sa han.

Estelles uppfostran övergav henne. "Å nej. Inte ni!"

Klicka här för att fortsätta läsa *Estelles Eldiga Beundrare*.

Bokhandelns Skönheter

Estelles Eldiga Beundrare

Maries Glada Herre

Louises Julhjälte

Bernadettes Stiliga Läkare

Matthews Villiga Änka

Om författarna

Catherine Bilson och Ebony Oaten har samarbetat i många år och skapat bästsäljande Regency-antologier med flera författare under lång tid.

På Romance Writers of Australia-konferensen 2024 i Adelaide hade de fullt upp med att driva Indie Book Store när idén till den här serien föddes. En bokhandel skulle få en framträdande roll – de levde ju redan sin fantasi att sälja böcker till läsare.

Varför inte förlägga en historisk serie till själva bokhandeln? Med systrar som var och en finner kärleken i en livlig stad. Omedelbart började de spåna fram komplikationer och hinder – tänk om deras far drog i väg till Frankrike efter att Napoleon förvisats till Elba, för att samla sällsynta böcker? Rollfigurerna kunde ju inte veta att Napoleon bara några månader senare skulle rymma och ställa Frankrike på ända!

På samma konferens vann Catherine dessutom RUBY – Romantic Book of the Year – för sin novell *The Bride Said No*. Den här novellen hade förstås först sett dagens ljus i en av deras gemensamma antologier.

Ebony hade också vunnit Ruby flera år tidigare, för en av sina sweet romance-romaner, *The Girl and The Ghost*.

Med sina förenade romantikkrafter kunde de väl knappast misslyckas med att hitta på något underbart.

Du kan följa författarna via deras respektive webbplatser och skriva upp dig på deras nyhetsbrev.

OM CATHERINE:

"Jag växte upp i ett herresäte från 1300-talet i norra Wales och tillbringade större delen av min ungdom med att hitta på historier om människorna som en gång kan ha bott där. Jag rymde och gifte mig med en stilig australier några år senare och bor nu med honom och våra två söner i Queenslands eviga solsken.

Jag skriver originalromaner i Regency-miljö, Austen-inspirerade variationer och amerikansk pionjärromance. Jag skriver också samtida romance och romantisk spänning under pseudonymen Caitlyn Lynch."

OM EBONY:

Ebony kommer från Melbourne, Australien och arbetade tidigare som journalist på flera lokaltidningar runt om i staden. Sedan gav hon sig på att skriva romance och har inte sett sig om. Hon gifte sig med en walesisk "boyo" och de uppfostrar sin son i Melbourne, där det kan vara stekhett ena dagen och ösregna nästa.

Om Ebony Oaten

Ebony Oaten har några kortare, charmiga Regency Romance-romaner tillgängliga som e-bok och i tryckt format.

Kurtisens komplikationer

Äktenskap och inga visor
Ebony Oaten

Fröken Remingtons stålsatta beslutsamhet
Ebony Oaten

Alla vägar bär till grevar
Ebony Oaten

Hennes frestelse i juletid
Ebony Oaten

Ebony Oaten har också några heta Regency Romance-noveller tillgängliga som e-bok och i tryckt form.

Regency-eskapader

BOOK 1
Länge leve Baron E
Ebony Oaten

BOOK 2
En ros med många törnen
Ebony Oaten

BOOK 3
Komma upp i världen
Ebony Oaten

BOOK 4
Det är något speciellt med fröken Mary
Ebony Oaten

BOOK 5
Het augustinatt
Ebony Oaten

BOOK 6
Den Skandalösa Lady Charlotte
Ebony Oaten

www.ebonyoaten.com

 facebook.com/EbonyOaten

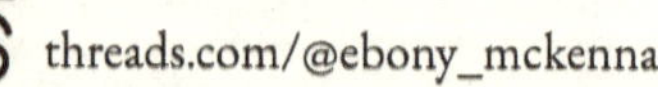 threads.com/@ebony_mckenna

www.ingramcontent.com/pod-product-compliance
Lightning Source LLC
Chambersburg PA
CBHW031318060726
47590CB00003B/1262